# 只想遇見你

Meeting You

塵襲/著

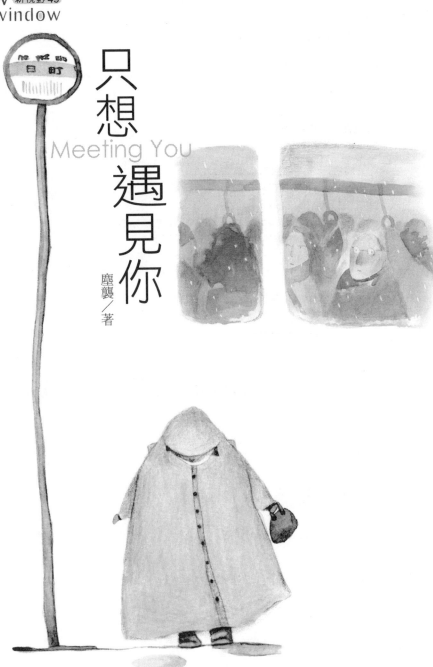

高寶書版集團

NW 新視野 049

# 只想遇見你

作　　者：塵　襲
總 編 輯：林秀禎
編　　輯：李國祥
校　　對：李國祥
出 版 者：英屬維京群島商高寶國際有限公司台灣分公司
　　　　　Global Group Holdings, Ltd.
地　　址：台北市內湖區洲子街88號3樓
網　　址：gobooks.com.tw
E — mail：readers@gobooks.com.tw＜讀者服務部＞
　　　　　Pr@gobooks.com.tw＜公關諮詢部＞
電　　話：（02）2799-2788
電　　傳：出版部 （02）2799-0909　行銷部 （02）2799-3088
郵政劃撥：19394552
戶　　名：英屬維京群島商高寶國際有限公司台灣分公司
初版日期：2007年2月
發　　行：高寶書版集團發行/Printed in Taiwan

國家圖書館出版品預行編目資料

只想遇見你 / 塵襲著. -- 初版. --臺北市：
高寶國際, 2007[民96]
面；　公分. -- (新視野；NW049)

ISBN　978-986-185-037-5(平裝)


875.7　　　　　　　　　96001090

# 只想遇見你

Meeting You

## 目次

〈推薦序〉

作者塵襲於「只想遇見你」一書中處處充滿著慈悲與
智慧，流露出對生命的熱愛與光明，面對生死大事
之自在與無憂。從尋風人與小蓮的對話中，可以感受
到這是一本值得用心讀的好書，細細品嘗，不難從生
活的點滴中，發覺到書中情節，正是隨時就在周遭環
境中出現的事物，或許可因而解開許多讀者心中的迷
思，喚醒心中的主人，以生命中的苦難和煩憂為素
材，建構出屬於自己的智慧人生。

學習作者所說，用如虛空般的心、容萬有，依然晴朗
明亮，人生會更美，書中告訴我們，如何以智慧去跨

越生活上的煩惱——那就是面對煩惱，心存感激，把它當成生命裡珍貴的禮物，如汙泥的滋養而綻放出美麗淨潔的蓮花一般，將人生展現得更為絢麗。

能為一本足以發人醒思且深深感動心弦的書寫序，是我最大的榮幸，願有緣的讀者，能由書中獲得光明，心燈一亮、黑暗自然消失，對生命一定會有一番新的體悟，無論何時、何處，心本清明，如日虛空。

書中未曾談到「禪」意，卻處處充滿禪機，有待讀者諸君慢慢體會，當必有所收穫。好書要與好朋友分享哦！耑此　祝福大家　身體健康　萬事如意

陽光使者　侯瑞成

〈自序〉

# 生命有幸與你們同行

初寫「只想遇見你」已是四年前的事……

四年前,剛進入陽光基金會,第一次接觸傷友時的心情,是心疼,畢竟面對人生突來的巨變,需要多大的勇氣,任誰也無法評估。

曾經,我以為能為他們付出些什麼,久了,才發覺從他們身上學習到的,遠比自己付出的更多,更豐富。要謝謝陽光的朋友,謝謝你們用生命,提醒著每一個人,平安,就是幸福。

撰寫的初期，並沒有預設結局。在大膽拋出生死議題後，有一段時間，找不到一個說服自己的答案，繼續寫下去。幸運的是，在認識陳老師後，文字開始有了生命，思緒像是裝上了導航器，終於有了方向，也順利於去年底完成了這部作品。

書的成緣，要感謝的人太多，首先還是要感謝陳錦德老師，感謝老師慈悲點亮我的心燈，讓我有了能力，將光明的喜樂分享給更多的朋友。認識老師的因緣，來自李師兄，一位兼俱慈悲與智慧的人間菩薩。

感謝高寶出版社，感謝國祥，感謝你們給予了我夢想成真的機會。感謝我可愛的家人，我的母親以及在佛國的父親，感謝在網路上一直支持、鼓勵我的朋友們，感謝路過我生命裡的每一個緣分，每一位朋友，生命有幸與你們同行。

最後，要感謝此刻正在閱讀這本書的你，期待你能在
這本書裡，找到我想送給你的禮物，一份你早已擁有
的光明與喜樂……

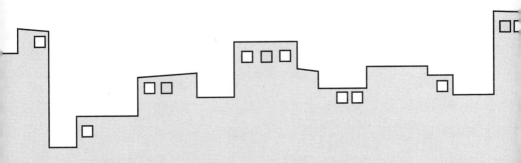

# 第一回

# 《來自風中的消息》

我認識了一個百分百的女孩，在虛擬的網路世界裡，沒有見過面，卻深深愛上了她的文字，文字裡的她，是那麼樣地令人想要疼惜，不顧一切地只想給予她身邊所有的好……

漸漸的，每天固定時間的上網，成了我的習慣，因為最接近她的距離，就在電腦螢幕前，與她面對著相同的數位視窗，一同想像著文字裡的對方，如同朋友一般的寒暄，如同親人無私的關懷。

期待分享每一刻的她，今天又遇見了什麼感動？什麼樣的風景讓她願意停下腳步，細心品味？生活上受了什麼委屈？是否需要找個人傾聽，宣洩心裡的垃圾？

這就是愛嗎？真的好想見她一面，但我明白必須讓自己放棄這樣的念頭！

網路的世界裡，就是因為隔著一道虛擬的牆，我們彼此的心，才會在有安全感的條件下，完全打開。只是心裡也很難去思索，如果有一天，當我鼓起勇氣，提出見面的要求時，她會不會拒絕？還是選擇按下離開的按鈕，輕易地消失在網路，消失在我僅有的世界裡……

網路上，她的名字叫作「小蓮」。

很喜歡這個名字，閉上眼睛後，「小蓮」的名字會讓

只想遇見你

我聯想到白色。白色代表純淨、無染，像是一朵蓮花，出汙泥而不染。從小蓮的名字裡，從她的文字裡，其實，是不難發現的。

只是，在我的心裡，藏著一個祕密，沒有告訴小蓮！也許是擔心她知道了這個祕密以後，所衍生而來的其他效應，害怕帶給她來自另一個方向的無形壓力。想給予朋友的，是輕鬆與喜悅，畢竟誰會想結交一個整天像個喪屍般的朋友。至少，我就不想……

於是我在認識小蓮的第一天，便打定了主意，這個祕密，會一直藏在我的心中。

◆

晚上十點，坐定在電腦桌前，開了桌燈，按下了電腦主機的電源鈕。電腦發出吱吱的聲響，正開機著。

趁著還有點時間，泡了杯三合一的咖啡。享受快速的美味，是絕大部分現代人的習性，習慣追著時間跑，速度快了，沿途的景色卻也模糊了。只是，我們的時間真的變多了嗎？

小蓮還沒有上線，暱稱上顯示灰色。

點開了新聞頁面，最近嚴重的疫情，帶給了臺灣相當大的衝擊。藉此也充分考驗政府在做危機處理時，需要的判斷時間與正確性。但是事實證明，我們尚有許多思考與進步的空間！

可惜我對政治界沒啥興趣，不然以我對國事家事天下事，事事皆關心的個性，相信一定可以帶給人民一個真正發自同理心的服務。

「哈囉！請問尋風人在嗎？扣扣扣！」畫面上彈出聊天對話的視窗。對著螢幕，我傻笑了一下。

「我們家主人正在風中尋找著白蓮，應該等會兒就會回來。請問……有事需要代為轉達的嗎？」輸入完文字後，等不及的盯著螢幕想看看小蓮的回應，心中也暗自竊喜自己的幽默。老天爺也算是給了我幾分薄面，讓我保有了美化文字的能力，可以寫出充滿表情的話語，再加上一點點對生命的嘲弄與幽默。

基於如此，我應該謝天的，不是嗎？

「嗯！那麻煩告訴你們家老爺，蓮自心中開，無需遠求。」看著小蓮傳來的回覆，思緒停了二秒。「蓮自心中開」好美的五個字，彷彿蘊藏了無窮盡的意涵。

用滑鼠全選了這五個字，拷貝在文書軟體中，小心存檔了起來。檔名就取為「蓮自心中開」。

「喂！真的沒有人在家的話，小蓮要告退了喔！」

「哈！這麼沒耐心啊！妳也不想想，我可是比妳早上線！基於這一點，讓妳等那麼一下下，當作是賠罪，不也合情合理。^___^」打了一個裝可愛的表情符號。雖然我擁有了美化文字的能力，但是想要在網路世界裡盡情悠遊，學習Ｅ世代的流行語言，也算是不可不修的網路學分。

「你又不是不知道我九點才下課，雖然目前很難再用塞車做為藉口。（誰叫捷運沒紅綠燈？）但是，嘿嘿！我走到捷運站總會經過十字路口吧！這個理由，不算牽強吧！」

小蓮的文字功力雖沒有我的火候，但我真的怕這青出於藍的氣勢，會如排山倒海而來，如不痛下心來殺她個銳氣，日後恐怕難以降服。

「耶……沒話說了吧！尋瘋人，還是我的反應高竿唄！求饒我就放你一條生路，念在你陪我聊天這個把

月，沒有辛勞也有苦勞，我好心就留你個全屍吧！嘿嘿嘿……」

「妳……，想不到我特來叨……擾，只有……屁一……一，堆ㄟ……（尾音漸上揚）」

看到小蓮今日攻勢如此犀利，讓我不得不使出壓箱絕活，雖然心中不忍，但是這長幼再不畫分開界限的話，後果將難以設想。

「好哇！你說我的文字是屁。好吧！如果你以後上線的名字改叫『尋屁人』，那我就同意你剛剛這一段無恥又帶點下流的黃梅調。否則，你就得『用心』好好跟我賠個不是。」

哇勒！明明先叫我「尋瘋人」的是她，現在反倒要我道歉在先。真是古語有云「唯女子與小人什麼難養也……」。

「那，我『用力』掌嘴好了。」標註了「用力」二字，小蓮應該會心疼並發出憐惜的訊息吧！

「那還不快，記得哦！你自己說的，要『用力』！男子漢一言，八馬難追。最好是打到我這邊聽到回音！嘻……」

還「嘻」勒！裝可愛還不忘捅我一刀。看來今天不捨棄我男兒寶貴尊嚴是息不了事了。算了，畢竟好男不跟惡女鬥，有道是「能屈能伸是大丈夫」。

「啪！（哎呀）啪！（哎呀）！持續中狀……」

「好唄！看在你有誠心化解這檔事，我大人有大量，就不與你計較了。不過，下不為例喔！^3^」

「真……有妳的，得了便宜還賣乖。話說回來，妳有在修行嗎？剛剛聽見妳說『蓮自心中開』時，真的

是打從心底佩服妳說。」用了「佩服」二字，這應該
夠火候了吧！讓小蓮的尾巴開心地搖起來應該不成問
題，女孩子最喜歡別人誇獎她們。

「『佩服』，老實說不敢，說『修行』更是不敢，真
要形容的話，也許說是『學佛』較為貼切。」

其實也猜著了幾分，這些日子的交談，多少感受的到
小蓮性靈的純真。只是這「學佛」二字，對我此刻而
言，似乎有點近，卻又不敢太接近。想起了很久前一
句街頭巷尾常說的話，有點俗，好像是這麼說的：
「既期待，又怕受傷害。」

最近開始喜歡嘲弄自己，像是自己已經分裂，成為二
個獨立的個體。一個不願意面對事實的心與另一個必
須承認此時疲累的身體。越來越覺得休息的時間不
夠。說來好玩，明明疲憊不堪的我，但上了床就是翻
來覆去，幾個小時無法安心入眠。好不容易終於睡著

了，又害怕睜開眼的第一道陽光。

我是怎麼了，難道對抗病魔就一定得呼一掌，聲一響嗎？我，真的不甘心……

「喂！小女子難得正經八百，你還裝大牌不理人，欠扁喔！T-T（哭泣中，淚流不止狀）」

「抱歉，只是腦中閃過了幾個念頭，於是停下來，細心的咀嚼一番。」不得不佩服我自己，隨手拈來都是如此美麗動人外加浪漫的文字，鐵定讓小蓮沉浸在我的文字中，難以自拔。

只是，真的要讓小蓮喜歡上我嗎？轉過頭望著衣櫃那一面全身鏡，點點頭，露出奸詐的微笑。是的，我希望小蓮喜歡我，喜歡上……網路世界裡的我，一個幽默風趣，無話不談的青春大男孩。一個活潑、健康，未來充滿無限希望的，那一個我。

「還好吧！真是搞不懂，這麼樂天的你會有什麼煩惱。不要當我單純好騙，想裝徐志摩的憂鬱浪漫，省省吧你！幹」空氣突然急速冷凍，瞪大了眼睛，望著螢幕上的「幹」字。小蓮與「幹」字的關聯，我用最快的速度搜尋大腦裡足以讓自己接受事實的理由，心裡則不停吶喊：「還我五秒前的小蓮，不要這樣對待我，不……」。

「嘛這樣耍帥於可憐的文字中，對文字是很不公平的，要乖，知道嗎？^__^」

「幹」、「嘛」一定要分段寫嗎？此刻如果我是卡通裡的人物，臉上一定多了三條無奈尷尬線。小蓮的文字幽默似乎在我之上，如此造次，這……這怎麼得了！

當我還在思考該回敬什麼文字時，小蓮的文字又傳了過來。「尋風人，問你一個問題。此刻的你，覺得最重要的是什麼？這一生又為了什麼？失去了什麼？會讓你覺

得失去了所有，即使以生命交換，也在所不惜？」

好多的問號在螢幕上出現，同時也在我的腦海中閃
爍。這生命、擁有與失去，不也正是我此時面臨的人
生考題。只是直至今日，所探尋到的答案，似乎連我
自己也說服不了。

「嗯！在妳的問題裡，出現了三個問號，所以我必需
回答妳三個答案。不過在回答前，妳要答應我，如果
說以一百分來看，等一下我的答案，小蓮可以幫我評
幾分嗎？親愛的小蓮心靈無敵大導師……」

「……說說看囉！如果回答的不甚滿意，也只好再
回鍋重修一年囉！」小蓮似乎與我早有了默契，無論
我如何出招，她都能立即的接招，這感覺，真好！

「問題是……妳確定我還有時間重修人生的課題
嗎？佛教所說的無常，不正說著計畫永遠也趕不上變

只想遇見你

化！」送出文字的那一刻，自己像是在荒漠中找不著正確方向的旅人，累了，如今只想求一處甘泉，洗滌著久未澄淨的心靈。

「風，你還好嗎？人生有著很多的考題，不論我們是否能夠安然度過，到頭來，終究是白骨一堆。只是在看不見的人生智慧裡，我們不也依此學習，進而達到生命的自在與圓滿。」

「雲，謝謝妳的開示，我相信我一定會勇敢的面對金毛獅王，以捍衛武林和平為己任。這是江湖的宿命，雖無奈，卻還是得繼續走下去……」還沒送出訊息，笑聲已先送出自己扭曲的臉。是佩服自己的幽默，還是想到小蓮看到這段訊息時，臉上劃過三條線的表情。

「你……算你狠，風大俠！只是剛剛的三個問號，大俠似乎尚未回覆小女子。」

「女子合為一個『好』字，這善觀緣起，我就一圓小女子的問題吧！」拿起了漸冷的咖啡，喝了一小口，握著杯子的手，夾著幾根頭髮。當初選擇了化療，就預見了會有這種結果，只是希望一切都還來得及。只是，來得及什麼呢？現在我所面對的一切，似乎只是為了延續生命，然後多了些時間，讓自己漸漸習慣失去光采……

「這一生最重要的，是要完成所有想完成的事。這一生是為了一圓自己的夢而來的，如果失去了築夢的力量，即使擁有了生命，也無法讓自己活的精采，活的不枉！」

字與我此刻的心情，伴著淚，輕劃過我的臉。

「不及格！你完了，風子。你的人生觀需要修正啦！待小女子一一細數而來。等等……我媽叫我。」

「別讓妳媽拆散了我們，不……哈！」網路就有著
這種好處，像是一個虛擬的舞臺，演什麼角色，觀眾
永遠看不見下了舞臺後，真實的你。如同我此刻的心
情……

小蓮的暱稱，呈現「暫離」的狀態。

坐在電腦桌前，望著牆上「駭客任務，重裝上陣」的
海報。很喜歡這一部電影，尤其是第一集時，看見男
主角臨危時所做的決定，用生命證明自己就是眾人眼
中的救世主。那一種相信自己的力量與勇氣，叫人深
刻。有一段時間，我彷彿相信自己真的存活在母體
裡，接受一處未知的主機在操控著我的所有。每日別
無選擇的面對無法喘息的命運，一再的考驗我對生命
的能耐！

老天這不是在開我的玩笑嗎？

相同的年紀，卻有著不同的命運走向……我的死黨「小黑」，剛與一段感情道再會，第二天馬上又投入了另一段絢麗的愛情。上個月剛考到律師執照的「阿哲」。一個年輕有為，天天迎向陽光的他，黑暗理所當然的不會找上他。還有那個再平凡也不過的「憶婷」，當初在班上誰鳥她啊！一個印象中黑黑圓圓，不起眼的女孩子，現在竟然走入了演藝圈。哈！演藝圈還真稱的上是一座動物園，什麼都有了。

回想當初畢業前夕，導師還拍著我的肩膀，堅定的對我說：「少偉啊！班上就屬你最多才多藝了，老師也最不擔心你，相信不管未來的你決定往那一個方向前進，你都一定會交出一張漂亮的成績單……」

「老師，很抱歉，現在才讓您知道我的近況。其實，畢業後，我並沒有如大部分的同學先去當兵。而是，我的身體出了一點狀況，正……極速的敗壞當中。這些日子，我進出醫院，也動了幾次手術，導致

只想遇見你

我的元氣大傷，身體也不同於以往的健康。不過老師不用擔心，我還是當初班上樂天知命的少偉，雖然醫生已經宣判我的死刑……」

停住了話，看著鏡中稍帶憔悴的自己……這幾年來，一直地在練習該如何告訴老師這個消息。面對著眾朋友們的來電，總是打起精神，不露出任何生病的癥兆，且刻意帶了點敷衍的口氣。久了，來電的朋友也少了，這樣也好，方便讓生命無所牽絆的倒數著……

回想起學生時期，下課後，同學們就常相約在網路聊天室裡碰面，還申請了一個全新的聊天室，取名為「只想遇見你」聊天室。當時，有同學覺得這個名字太過煽情，像是在開茶室做「純」的工作。申請的同學原本一開始有點被說服，後來一聽見有人這麼形容他的心血，索性就賭氣以這個名字，堅持送出了申請。

從此每晚八點，同學們漸漸有了默契上線，以文字談

天說地聊八卦。之後，從一開始的幾隻小貓，到最後近乎班上一半的同學，下課後都會上來晃晃。說也新鮮，不久後，同學的男女朋友也開始上線湊熱鬧，有時聊得太過火，還會被眾人轟去私密聊天室。半年後，聊天室的網址開始對外公開，印象深刻，那是聊天室裡人氣最旺的時期，每次進入聊天室時，都將近有百人正在線上。

「尋風人」的暱稱，也是在那個時候取的，對於一個射手座而言，風的自由充分表達內心的渴望。而一個必須尋找風的人，速度理所當然要超越風。所以，我是自由的，比風更來的自由，隨性。

前些日子翻出了畢業紀念冊，想起了這個聊天室，便迫不及待的上網搜尋這個網址。開心的是，聊天室還在。輸入了暱稱「尋風人」後，小心地按下了滑鼠，有些期待，有些感動，熟悉的朋友，是否還會在這裡遇見。突然開始明白那位同學用「只想遇見

只想遇見你

你」來命名聊天室的用心，當時間開始被遺忘時，期待，會是一種力量，引領著你大步向前。

開啟了聊天視窗後，右半邊一大方塊裡滿滿盡是文字，不斷地向上堆疊。將滑鼠移到左邊的訪客名單，拖曳著表單，在一位名叫「小蓮」的名字，停了下來。思考了約一秒，點了下去，以私密的聊天方式，開啟了這一段我與小蓮的緣分。

緣分總是巧妙，我們聊得很開心，從一開始的寒暄問好，到相約每天晚上十點準時在電腦前面報到。是我提出這個約定的，明白自己帶了點自私，只是面對生命倒數的我，別無選擇的開了口。如此的約定，讓我的生命找到了一個理由，一個繼續走下去的理由。

「哈囉！還在嗎？不好意思，我媽咪叫我幫她出去買一個東西，所以耽擱了一點時間，怕你等到睡著，我可是半跑步回來的喔！」

「我……我還以為小蓮不要我了，正打包著行李準備遠行，尋找小蓮的蹤跡。」又是一個漂亮的苦肉計。

「你……討厭啦你，害得人家小鹿亂撞，死相，你……你壞死了！」可能是形象太過極端，看到文字的當下，腦海中馬上浮現出周星馳搞笑電影裡，常會女扮男裝還不忘挖鼻孔的那一位「如花」小姐。

「感謝妳的文字，讓我清楚晚餐吃了什麼……（嘔吐狀）。」

「都是你啦！死尋風人，跟你聊天久了，把本姑娘的陳年習氣都逼了出來，你……你可不能辜負人家……」啊哈！等待這個機會很久了，這一次，我將用盡我所有的內力，接下這一招。

「小蓮，這一生，妳會遇到二次真愛。當妳明白這個道理時，妳已經失去第一次了……」按下了電腦的

只想遇見你

送出鍵，我滿足地笑了又笑。這一句話，一直是我很喜歡的一句話，忘記是誰說過的，第一次聽到時，心裡充滿了及時的了悟。

不是嗎？一生裡，如果都只是在等待，那就只剩下錯過。

「好美的文字，看得小蓮好感動。尋風人，謝謝你把這麼美的一句話送給我，雖然我知道那不是你想出來的……^3^，不過，還是謝謝你讓這一段文字，從我的腦海中走出來。其實，我發現我們在很多方面，真的有許多相似之處。」

「嗯！有同感，請繼續……」

「記得我問你的三個問題嗎？其實我並沒有真正的答案，只是從你的答案裡，發現你並未看清你人生真正的方向，這是很可惜的。」

「嗯！有道理，請不要停！（享受文字中……）。」

「別鬧了啦！瘋子，我是跟你說真的，只是單純想與你分享我的觀點，我們可以互相參考，沒有所謂對錯的。」

「我知道我活在母體中，而且我是妳唯一找尋的救世主，只是我的名字不叫尼歐，我叫尋風人。快帶我找回母體中真正的自我，讓我們一同對抗電腦人吧！」

時間停在這一刻，凍僵了。停了幾秒都沒有回應，小蓮一定是生氣了，看我這麼不正經。
也許……道歉先。

「嗯！妳……在生氣嗎？別這樣嘛，開玩笑的，別這麼孩子氣嘛！風知道錯了，正跪在算盤上，洗耳恭聽小蓮的分享。」

只想遇見你 Meeting You

「生氣？應該沒有吧！只是覺得還滿好玩的。對了，有人說你很幽默嗎？瘋子。看來得找一天會會你了，雖然小蓮看過白目的男生很多，但可以與我抗衡的卻少見。也許，我還真能教你中國功夫，教會你打開自我的心靈，讓你可以在空中飛來飛去，還可以把手伸進去女人的身體裡挖出子彈……」

「小蓮，別嚇我了！妳應該真的生氣了，對不起啦！小蓮，我知道錯了，我一定不會再不正經了。請繼續我們剛剛充滿人生哲理的話題好嗎？還有就是，妳也有看過『駭客任務』這部電影啊！呵！英雄所見略同，說是英雌也通啦！」

「呵！是啊！『駭客任務三部曲』我都沒有錯過，是部劇情深度還不錯的電影。」小蓮笑了，我心裡的大石頭也放了下來。

電腦右下角的時間，顯示十一點多了，雖然很想再聊

下去，但是一想到小蓮明早還得上課就⋯⋯況且，我也需要多一點時間靜養身體，讓自己有足夠的體力來對抗明天的病魔。

「小蓮！妳明天不是還要早起上課嗎？別讓我的白目擔誤了妳休息的時間。」

「嗯，是有點晚了，不過現在要說的很重要，對你，對我都一樣，知道嗎？所以請別再耍白痴，讓我好好說完，好嗎？（雖然剛剛還滿好笑的）。」

「Yes Sir！（手呈敬禮狀，目迎不目送）」

「好的，很乖，請稍息。你知道嗎？其實在這一部電影裡，很多人都只是看到超炫的畫面與超酷的電腦動畫，但是在劇本裡所呈現出來的某些思維，其實是很值得我們去思考探究的。像是在第一集裡有一幕，一個小和尚不是告訴尼歐，不要試著想改變湯匙，而

是要改變我們思考的方向，其實，湯匙本來就不存在。」

我對著螢幕，用力地點點頭！

「我們都一直活在自以為的世界中，隨著得失起舞，擁有時，快樂，失去時，痛苦。生命總是在追逐中浪費。說穿了，舉凡能看見的，聽見的，聞到的，摸到的，想到的，那一樣會停留在我們的身邊，永恆。其實，唯一永恆不變的，是我們如虛空般的心，虛空能容萬有，卻依舊清朗、明亮。說到這，尋風人，你明白我想要說的嗎？」

抿著嘴思考著，心？呵！「粗心」、「花心」我倒是略懂一二，不過單就一個「心」，這點就不好回了，要是回的不好，等等小蓮那個又來了，就慘囉！

「我是說脾氣啦！別想歪！」我自言自語傻笑著。

小蓮確定只有高中嗎？還是她重修了十幾年，不！應該是幾十年。這樣的心境與人生觀，應該是我媽那個年代才會有的想法吧！

「哈囉！尋風人，你又在搞消失啦！」

突然，口中感到一陣噁心的苦澀，化療的後遺症。常有的事，早已習慣這種例行的折磨，只是生理總還是不敵心理……抿了抿嘴唇，味覺似乎已經漸漸離我而去。死神，卻離我很近。

「尋風人用力的答『又』！我……我當然懂啊！天底下那有我尋風人不懂的事，心嘛！不就是我們走在路上，看見窮困需要幫助的人，內心升起的慈悲心。」

「嗯！瘋子，先暫且不說對不對，其實我懂的也並非足夠，我就盡力的說，你也盡量的聽。許多人總覺得苦，所求不得苦，愛恨別離苦，久了，以為擁有就是

只想遇見你 Meeting You

快樂，得到就是幸福，殊不知這有苦之樂，總有落空的一天。有一天，當你無所求時，你會感到身心輕安，那時，你會輕易地發現快樂與幸福，竟垂手可得，不曾遠離。與你分享，我親愛的尋風人。」

花了一點時間，消化了小蓮的文字。如此的說法，我倒是第一次耳聞，雖然未曾真正接觸過宗教，不過本身也不會排斥啦！心裡起了一個疑問，如果真的如小蓮所說的，快樂與幸福本來就在，為何此刻身受病魔纏繞的我卻遍尋不到。本來就在？本來就在那裡呢？

「小蓮大師，老實說，我真的希望能找到妳所說的幸福與快樂。畢竟，誰不想幸福？誰不希望快樂？」我心急地做了回應。

「找？我並沒有叫你去找啊！況且，你也只尋『風』，不是嗎？不過，既然你誠心誠意的問了，我就大發慈悲的告訴你，呵呵呵……＜（￣︶￣）＞」

臉上頓時出現三條斜線，小蓮不會也看皮卡丘吧！腦海裡浮現一個「大」女孩，蹲坐在電視前，目不轉睛的看著卡通。

「＼（^O^）／，皮卡！皮卡！」沒有手寫板，不然就畫隻皮卡丘傳過去。

「……（ ⊙＿⊙；）……，你嚇到我了，瘋子，相信我，你不適合走這一種風格！」

「Orz，懇請大師，請繼續開示！」

「（咳了二聲），心的分別，造就了天堂與地獄。一場雨，不同心情的人來看，就有不同的感觸。怎奈人生不過一遭，大部分的人們卻還是只看眼前的緣起，心便隨之起舞。心像是被綁在風箏的另一端，喜怒由不得自己。人一旦將心的鑰匙交出去，生命將永無寧靜的一天。」

只想遇見你
Meeting You

39

「所以心主導了一切,是嗎?」我接著問。

「可以這麼說,瘋子資質不錯喔!有慧根。換句話說,心一旦自由了,快樂與幸福,難過與苦痛就已經非關你遇見什麼,得到什麼或是失去什麼,因為你的心如同虛空,能容萬有,卻無礙虛空。如同蓮自汙泥中伸展,卻無染蓮的清香。」

「難怪妳取了一個有『蓮』的暱稱,擇日不如撞日,趁現在還來得及,既然妳叫『小蓮』後變得這麼有智慧,那我可以取名叫『大蓮』嗎?」

「不行!(>﹏<)」

「開玩笑的啦!別生氣!再問,所以我們的生命裡,不需要汙泥,只需要蓮花,是嗎?」

「當然不對!才剛說你資質不錯,馬上就退回原

點。沒有汙泥的滋養，蓮如何開展出美麗。汙泥就好比我們生活上的煩惱，有煩惱才會有機會去思維如何跨越，這就是智慧。所以面對煩惱，我們要心存感激，因為那都是來自生命裡珍貴的禮物。」

「小蓮大師，請收我為弟子吧！弟子已經準備好剃度離世修行了。嘻！」

「別這麼說！只是分享我的學佛心得，跟你分享的同時，我自己也同時受惠。所以，該謝謝的，應該是我，不是你！只是一下子說了這麼多，怕你會覺得無趣，想離線又開不了口。」

「這點小蓮可以放心，字字我都有聽進心裡，只是弟子愚鈍，尚需要一些時日消化、思考。」小蓮文字裡的境界，是我想要達到的。只是面對生命的倒數，我還有多少時間可以準備？

只想遇見你

「嗯！一起努力吧！也許是我的錯覺，總覺得在你的文字裡，似乎帶了點沉，這樣是很可惜的。你還這麼的年輕，人生觀應該要很光明朗淨的。」

此刻的呼吸有些急促，照著醫師的指示，雙眼閉上，輕而漫長的深吸一大口氣，再細細地呼出身體裡的濁氣。頭有些難受的暈眩，知道是身體已經在抗議要休息了。

「小蓮大師，今天聊得有點晚了，大師明日還得早起上課，所以弟子不敢耽擱大師就寢的時間。今日的收穫頗多，感恩大師細心教悔，真是聽『蓮』一席言，勝讀百年書，弟子今晚能得聞如此人生大法，真是三生有幸，感恩涕零，悲喜交集……」

「ㄒ▽ㄒ，別貧嘴了，你不覺得與我聊天無趣就好！對了，瘋子，所以你明天還是在家裡趕稿嗎？」

「嗯……是啊！有一篇稿子還得趕，所以得早點休息，明天好打起精神。」

「\^o^/，加油喔！那就一樣的祝你文思泉湧。別忘了發表時，要與小女子我分享你的大作喔！」

「哈！女子合起來一個『好』字，這善觀緣起，不好都不行了。早點休息，晚上記得別踢被子，在學校記得不要與小朋友打架，走路記得要靠左邊，知道嗎？」

「ㄟ（￣⊿￣"）ㄏ…………（捧腹大笑中）！掰掰囉！明晚十點，別忘囉！」

「收到！拜拜！」

看著小蓮的暱稱，由黑色變為灰色。我的心也開始轉為灰色。

只想遇見你

很抱歉，我騙了小蓮……

一次聊天中，小蓮突然問起了我的職業，當時急了，一下子也想不出來應該要如何回應，於是就推給小蓮猜……

一開始，小蓮猜我是當業務的。因為覺得我的嘴皮一定與我的文字不相上下，如果進入這紙醉金迷的社會，一定可以殺它個片甲不留。後來也有猜是藝術家，剛聽到這個猜測時，心裡其實有點開心！

曾經夢想著，如果有一天，能夠帶著筆記型電腦，走在陌生的國度裡，隨性，沒有方向的前進。當發現靈感時，就停下來，找一處悠閒，然後劈里啪啦地寫它個不醉不歸……這樣的生活，光是想像就已經不是痛快二字可以形容了。

依此，當時便告訴了小蓮，我是一位文字工作者，

用文字堆疊著我的生命。看著小蓮驚喜的回應，這謊，似乎有了不回頭的勇氣。是逃避嗎？一直反覆地問自己，儘管猛搖著頭，內心卻不掩飾頻拭淚。是的，我期待給予小蓮的印象，是完美的。

手中小心捧著無法完成的夢想，向天，祈求一個機會。一個我與小蓮僅剩的文字空間，在這末路時分，以完美，畫下句點。

如果，秋收是應該慶豐的，我不應該傷心。如果只是求一個理由，也許淚水只是因為喜極，所以墜落。我不應該如此加重這秋天的味，否則會讓路過的人以為冬天來得早了……

雪，即將開始紛飛……

◆

只想遇見你

早晨六點，我準時張開了眼，看著熟悉的環境，知道自己還活著。面對這生死交替的苦，還是必須勇敢的面對，只是加了點無奈、多了點傷痛。

今天早上得回醫院做每個星期固定的治療。

頭上戴著一頂母親為我織的綿帽，黃綠色，在陽光如此亮麗的早晨，與我臉上的白，成了一幅不協調的畫。

輪椅讓我變得更像是一個廢人，如此地方式前進，讓沿路的每一道目光，都有了窺探的理由。沒有讓媽跟來，多愁的她，鐵定受不了醫院裡一幕幕不停上演的別離。

「小芳，謝謝妳送我來醫院。」說話時，喉嚨帶了點痛。

「三八阿哥才這樣，我是你妹妹耶！你這『謝謝』二次聽在別人的耳中，還以為我們只是朋友！沒禮貌，

人家可是你最親愛的家人，最可愛的妹妹呢！」

看著小芳裝可愛的表情，我也回贈一個笑容給她。

家裡就我們二個小孩，小芳從小性情乖巧，理所當然地成為了家中的寶。

「阿哥！你想喝點什麼嗎？天氣有點悶熱，我幫你去便利商店買一罐飲料，好嗎？」

「不用麻煩了。我……」說話有點使不上力，氣，有些微弱。

「好啦！阿哥，我知道你不方便說話。醫生有特別交待我，在接受化療後，食慾會變得比較不好。還是這樣好了，你有什麼需要，就立刻告訴我，好嗎？那怕是要上刀山，下油鍋，你最可愛的小妹一定是跑第一個的，我是說落跑啦！哈！開玩笑的啦！」

我用力擠出了一個大笑容，比了一個大拇指，是謝
謝，也是感恩小芳的體貼。

◆

午後，回家的路上，小芳沉默不語。猜想可能是醫生
與她說了什麼，計程車上，即使陽光絢麗，小芳的心
中，似乎有著散不開的憂愁。也許這就是太陽雨，即
便我們試著不去面對它，還是輕易地淋了一身溼。我
握著小芳的手，微笑地點點頭。

「阿哥，什麼都不用擔心，知道嗎？你只要好好地養
病，家裡的一切，都包在小芳身上，不用擔心，知道
嗎？阿哥……」小芳將我的手握得更緊，像是怕這
一放手，就再也找不到我似的。

「時間還早，我們找一家咖啡廳，坐著聊聊好嗎？我
們兄妹倆也好久沒有一起聊聊了。」

「好……好啊！」

小芳急忙地點頭：「司機先生，麻煩一下，我們下一個路口右轉。」

我們找了一家靠近捷運站的咖啡廳，坐了下來。小芳點了杯咖啡，而我只要了一杯溫開水。

「阿哥，你確定不吃點東西嗎？不餓嗎？吃點東西好嗎？」小芳有點心急，擔心地說著。從得知我的身體狀況後，小芳便開始擔起家中一切大小事的責任，明顯發現她的成長，覺得欣慰。

「等會兒吧！搞不好與小芳聊完天後，心情一好，胃口大開也說不定，呵！」

「一言為定，這可是你自己說的哦！待會兒阿哥要是沒有克他個兩大漢堡，今天就休想回家！」

擺出了一個天兵敬禮的手勢與表情：「遵命，我可愛的老妹！」

寧靜的餐廳裡充滿了我與小芳的笑聲。

一句話，脫口而出：「嗯，小芳，還記得阿哥學生時期的聊天室嗎？」

「『只想遇見你』嗎？記得啊！」

「最近阿哥又開始上去那裡聊天了，而且每天都會報到。」心裡打定了主意，應該要讓小芳知道關於小蓮的事。有一天，我將會消失在網路世界裡，至少該有人知道，我去了那裡……

人生充滿了變數，只是希望這「如果早知道」的遺憾不會發生在自己的身上。心裡明白，自己已經沒有太多的時間。即使小芳不說，身體卻早已透露，時間正

急速摧毀我的生命。

只是與小蓮的緣分，應該要圓滿的……

「我最近也發覺阿哥常上網，而且晚上還準時在電腦前報到。不會吧！阿哥，是釣到新馬子嗎？不說來聽聽！」小芳俏皮地回應我的話。

苦笑了一下，接著說：「從知道自己的身體狀況後，就一直無法開心起來，直到認識了一位朋友，一位網路上的朋友『小蓮』。她讓我擁有了面對明天的勇氣，像是一道光，照亮我即將前進的方向。」

眼裡泛著一點淚光，小蓮說得一點也沒有錯，我還沒有準備好面對死亡。曾經問過小蓮一個問題，「為什麼人會感到恐懼？」

小蓮的回答，字字在腦海裡激盪著！

# 只想遇見你

Meeting You

51

「瘋子，你這個問題問的好，既然你虛心求問，那今天就算是因緣俱足，解你這一個惑。人之所以會感到恐懼，是因為當真，人生不過是一齣戲，生死不過只是上臺、下臺。演的戲碼人人皆不同，喜怒哀樂都有，只是演戲，卻當真隨著劇中人的心情起伏，執幻當真，當然恐懼，當然痛苦。說到這裡，你應該知道恐懼的關鍵在那裡了吧！」

我，淡笑了幾聲，這生命的來去如果真能看破，真能跳出來看著自己的戲碼上演而孑然一身。誰不願意自在呢？

「阿哥！聽起來，這位小蓮姑娘似乎扮演了一個你目心中相當重要的角色。那，有機會認識小蓮嗎？」

覺得難受，深呼吸了一口氣：「其實，老哥就是要告訴你這一件事，如果……」我急促地咳了起來！

「阿哥，你還好嗎？來，喝點水你會舒服一點！」

我推開了小芳的杯子：「讓我說完，這對我而言，真的很重要。小芳，請千萬記得這一件事情，在聊天室裡的我，是一個充滿朝氣與希望的陽光男孩，這一個多月以來，我在小蓮心目中所建立的形象，也⋯⋯也是一個活潑外向的好朋友，我真的很珍惜這樣的互動，不想去破壞它。只是⋯⋯只是⋯⋯」

小芳輕拍著我的肩膀：「阿哥，你慢慢說沒有關係，我有仔細在聽⋯⋯」

緊握著小芳的手，看著她：「小芳，阿哥不知道那一天會病到無法再上網，只希望那一天來臨時，小芳可以幫阿哥，向小蓮說聲再見。在⋯⋯網路上，妳也許可以說⋯⋯阿哥決定出國唸書，多久則不一定，懂嗎？用阿哥的暱稱『尋風人』，要小蓮保重自己，千萬要保重自己⋯⋯」

只想遇見你

像是一個怕迷路的小孩，緊握著小芳的雙手，怕一鬆手，這緣，就斷了。從未經歷過死亡，只是死亡也不會等我準備好才發生，一切，都在倒數當中……

「哥，你先不要急，先好好地把病養好……」

沒等小芳把話說完，我搶著說：「妳答應阿哥好嗎？這是阿哥一個小小的心願，當了病人這麼久，失去了希望這麼久，這唯一的奢求，只是期待一個健康開朗的我，活在網路，活在小蓮的心裡。我曾經放棄過一次幸福，這友誼，是我僅存的所有了……」

小芳閉上了眼，心疼的點點頭。

◆

曾經，我放棄過一次幸福，沒有後悔當時的決定。只是夜深人靜，當思念襲上心頭時，一種祝福，就會順

著寂寞，默默地寄予美娟。

美娟是我大學的女朋友，畢業的那一年，她剛升大二，能文能武的她，活躍在各大社團裡。因為她的自信與風趣的談吐，在她剛加入文學社時，我就已經注意到這位充滿才氣的女子。當時的我是文學獎裡的常勝軍，基於如此，社團裡，我們成為了理所當然的一對。

事情來的突然，分手提出的太快，還沒來得及想到更好的理由，便匆忙地與美娟說再見。沒有道歉，寧可讓美娟以為我變了心，也不願意讓她背負我生病的原罪，浪費太多應該屬於她的青春時光。打從心底希望她幸福，至今都是。

「為什麼這麼突然的提出分手？給我一個理由，二年多的感情換一個理由，不夠嗎？」

「理由？需要嗎？」我冷冷地應著。

# 只想遇見你

Meeting You

55

急著從愛情裡抽身的我，來不及思索分手的理由，手裡握著剛接到的生命終結書，亂了……只是急著想脫離可能會傷害到的一切，然後一個人，面對。

「不需要嗎？至少……你可以告訴我究竟發生了什麼事，或是我做錯了什麼。感情的維繫本來就不容易，況且，我們相處得一直都很好，不是嗎？」

「好？妳倒是說說那裡好了？如果非要說一個好字的話，那只是對妳而言吧！」我別過了頭，試著不讓這場戲，有些微的破綻。

「少偉，別這樣好嗎？冷靜下來，我們好好談一下好嗎？你知道我們是在乎彼此的，或許……我忙於社團的事沒有太多的時間陪你，你不也說過不會在意二個人在一起的時間長短，你所重視的，是彼此的心隨時都在一起。如此，那怕是異地而處，心的距離不也相印，不是嗎？」美娟的聲音帶了點急促，即便是沒

有看見她的臉，也能清楚感受到她的慌張。

多麼想告訴妳啊！美娟，我是那麼樣地在乎妳，只要是能讓妳快樂的，我都願意竭盡所能的給予妳。是我對不起妳，因為我無法給予妳未來，無法陪妳走到生命的盡頭，所以，我必須選擇離開妳，選擇讓另外一個人，一個能陪伴妳到老的人，代替我陪妳繼續走向前。

很抱歉，這個理由我無法告訴妳。痛，會因為時間而淡化，思念，卻會躲藏在時間裡，想一遍，痛一回。因為我愛妳，所以，我必須離開妳。

深深地吸了一口氣，轉身對著美娟說：「如果，這顆心已經冷了呢？」沒等美娟的回應，我繼續說著：「明白了嗎？是我的問題，畢業了，也自由了。該留下的，就不應該帶到我的未來！」

「這不像你,少偉。怎麼了,發生了什麼事,求你告訴我,讓我與你一起面對,好嗎?」

面對,怎麼面對呢?這是一場還沒開打就已經註定失敗的戰爭,叫我怎麼選擇自私地帶著妳向前,在無法預知自己何時倒下的前提下,對妳,是不公平的。

「夠了!妳還聽不懂嗎?畢業等於自由,這個時候提出分手,時間正好,妳還不了解嗎?我受夠了這些日子裡的一切,朋友間談的話題都是妳,不是妳又得了什麼獎,就是又代表學校參加了什麼大型的競賽。聽在我的耳裡,刀刀都見血⋯⋯」刻意加重了語氣,也是給予自己無法回頭的勇氣,畢竟選擇一個人面對死神,隨時都有可能被恐懼打敗,求饒。

「你別這樣好嗎?你嚇到我了,真的!別這樣對我好嗎?如果真是如此,我必須向你鄭重說聲抱歉,造成你這麼大的困擾,真的不是我意料當中的。」美娟急

忙解釋著。

「累了，我真的累了，活在妳的掌聲裡太久，我幾乎失去了所有在學校裡應該屬於自己的回憶。」

「不會是這樣的！少偉，你知道嗎？我的朋友都一直很羨慕我有一個多才多藝的男朋友，他們總是開玩笑地說，我們是文壇的『神鵰俠侶』，以文交心的一對。除此之外，你所帶給文學社裡的活力，更是大家有目共睹的，而這一切都讓我感到驕傲……」美娟笑著繼續說：「有時候，想起你，嘴角也會不自覺地上揚，你知道嗎？能夠認識你，是大學生活裡最甜蜜的收穫了。」

知道美娟哭了。要謝謝妳，告訴我這些事，那對我真的很重要。我會小心地放在心裡一個重要的位置，提醒自己曾經幸福過，也提醒自己祝福妳的生活。只是，我真的必須離開了……

只想遇見你
Meeting You

59

「遲了，真的遲了！妳還不明白嗎？我找到另一段更美好的開始，現在唯一的問題，就是我們應該要如何好聚？如何好散？我只能說，二個不同方向的人，再走，也不會有交會的一天。」很想就這樣轉身離開，只是一個戲子上了舞臺，不就得好好地演完這一場戲嗎？

只見美娟起了身，拭去了臉上的淚：「生命裡總會讓人感到驚喜，未來，正因為如此而值得期待。少偉，真心祝福你的未來，無論是否有我，都一樣的精采。只是最後，能答應我一件事嗎？」

「嗯！」我淡淡地回應著。

「當你找到生命裡另一瓣翅膀時，記得用盡你全部的力量，牽起她的手，一同飛翔在屬於你們的國度，用心珍惜並好好的保護她，好嗎？」生命裡，你會遇見二次真愛，當你明白這個道理時，你已經失去了第一

次⋯⋯這句話突然穿過我的腦海，此刻，卻顯得有點殘酷。這句話，是美娟告訴我的。珍惜你眼前的幸福，對了，就傻傻地愛下去，不管是否走到盡頭，是過客，就該微笑地彼此祝福。「可以嗎？答應我這個最後的請求，努力讓自己幸福，把所有一切不好的回憶，通通都留給我。如果可以，我希望你能不要討厭我⋯⋯」就這樣，我放開了美娟的手。那一刻，是我第一次體會到，什麼叫作絕望。

「阿哥，還好嗎？在想什麼？想得這麼入神⋯⋯」

回過神，笑笑說：「沒什麼，只是想到小芳的未來，一定是幸福美滿，我這做哥哥的，就忍不住為妳感到開心。」

「好哇！阿哥，你又拿我窮開心了。幸福，我連想都沒有想過，我啊！只求別壞了別人一輩子的幸福，就阿彌陀佛囉！」

# 只想遇見你
Meeting You

61

今晚，是我最後一次上聊天室，

很清楚自己的身體狀況，

卻還是無法精確掌控所剩的時間，

死神，竟來得如此讓人招架不住。

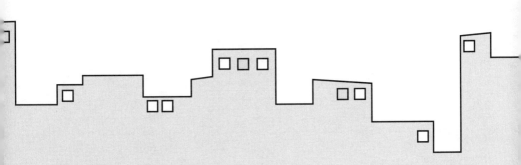

第二回

# 《羽化的祝福》

準十點，我又走入一個完美的世界，一個任由自己完
整掌控的虛擬世界。

一登入，小蓮的對話視窗便跳了出來。「耶！比你
早，還是小蓮乖，小蓮是乖寶寶，尋風人是壞寶寶，
我要報告老師，打打！」咳了二聲，有血，習慣了。
抽了一張衛生紙，拭去手上的血，繼續敲打著鍵盤上
的字母。

「不要啦！不要報告老輸！求求小蓮放瘋子一條生路。」

「哈！這次可是你先說自己是『瘋』子哦！我可沒有提醒你喔！ˋ（￣▽￣）ㄏ」好大的一張笑臉，彷彿看見了小蓮的臉，也正在微笑。

小蓮，妳是一個怎麼樣的女孩呢？這個問題打從一進聊天室開始，便猜想著！應該是嬌小可愛型，不！不對！應該帶了點仙風道骨般的瀟灑。呵！學『猴』的人不都如此。不會剛好又是上流社會的吧！看著小蓮的笑臉符號，對著電腦螢幕，我也作了一個人肉笑臉送給小蓮，一張帶了點蒼白的笑臉。

「延續昨天的節目，方便請教小蓮大師一個問題嗎？」問題，一個藏在心裡許久，只能猜想，卻無法實現的問題。

「嗯！可以，不過醜話先說，別問太over的話題，惹毛本姑娘，插頭一拔二瞪眼，看你怎麼辦！哈！凸\ /凸，新學的表情符號，厲害吧！」

「小蓮大師，這風格不適合妳，這種下流的差事，還是交給小的較貼切！」

「問就問，廢話這麼多！」

「妳覺得我們有見面的可能嗎？」不知從那冒出的勇氣，竟按下了確認鍵。不明白自己問的意義究竟在那裡，假設小蓮真點頭答應了，這一面，是見還是不見？只是這一句話，心裡清楚，應該要問的。

過了些時間，未見小蓮回覆。

「扣扣扣！有人在家嗎？」試著打破沉寂，畢竟是我先起得頭，就應該由我接收所有的尷尬。這是一個無

理的要求，對於網路而言，如此的舉動輕易地讓人往著負面的方向思考。

「你確定你準備好了嗎？」

小蓮的回覆，讓我不知道該如何回答。第一次發生這樣的事，從我認識小蓮以來。那一刻，我彷彿認清了所有握在手中的生命籌碼，才驚覺，原來此刻的我，什麼也完成不了。

這問號背後的答案，簡單到讓我無法開口。

「扣扣！換尋瘋居沒人在啦！哈囉，瘋子，聽到請答『耶』！」

「哈，耶！我在。」

「你在，那你的答案在不在？」

只想遇見你 Meeting You

「小蓮，如果這樣無理的要求讓妳對我這個人重新評價，也許，就當作我不曾問過，好嗎？」

得收線了，只是一圓心中的夢，放得太遠，對小蓮而言不也是落空。

「三八兄弟啦！作西米變得這麼嚴肅，一點也不像你喔！我只是覺得好奇，什麼原因讓你想要與我面對面，現在的文字互動，不好嗎？」

「好，當然好。就是因為太好了，才會更期待我們之間的另一種可能。妳知道嗎？小蓮，妳是我目前僅有的財富了，我深深認同妳常說的無常。所以，我不得不說出我心裡真正的想法，誰能擔保明天的我，能否再有機會說出我心裡真正想說的話。妳能明白我說的嗎？」

心情有點起伏，很清楚自己難過的原因。

這脆弱，小到只有我自己看得見，卻又大到讓自己無法承受。身體傳來戰敗的喘息聲，一絲，在我耳邊回盪，只有我自己聽的見。恐懼竟在此刻升起，未知竟讓我開始慌亂了起來，感受到來自生命的壓迫，無法呼吸……

我，竟開始無聲的嚎啕大哭！

「還好嗎？風子。一直以來，總覺得你的文字總是帶點憂愁，索性就常常與你分享心靈的光明面，既然有緣在網路上以文會友，就讓我們都能因為彼此而有所提昇與成長。要不，這些日子，我們不就白白浪費在毫無價值的打屁上了。如果你真當小蓮是朋友，就告訴我你的問題，也許我無法給你最棒的解答，但是至少我會是一個很優質的心靈垃圾筒。」

自己像極了汪洋中載浮載沉的人，如今漂來了一塊浮木，緊抓著不放，理所當然。我決定再說一個謊，為

自己求一顆心靈解藥，自私在此刻似乎也變得理所當然。

「想不到還是被善巧的小蓮看穿了我的心思。小蓮僅猜對了一半，問題有，只是不是我的問題，是關於我另一個朋友的問題。而那一位朋友，生命即將走到終點，我不知道應該要如何幫助他，在這人生最後的一段路上……」

「朋友？風子，你是說你的朋友生病了嗎？」

「嗯，可以這麼說！」

「我都快被你搞糊塗了，等等，我們從新再確認一次，所以這些日子以來，你文字裡的落寞，只是因為你正擔心著生病的朋友，是嗎？」

是的，一個我生命裡的朋友，一個站立在鏡中與我迎

面的摯友，正面對著生命的未知，心中產生了莫名的恐懼。我似乎開始相信，真的可以順著這一個謊，來解我心中的惑。關於生命的開始，關於生命的結束……

「生命，結束後，會到那裡呢？小蓮，妳能明白我的問題嗎？」生命，如果我的生命真的必須走到結束，會到那裡去呢？那最後的一刻，應該如何作好準備？用什麼心情？該想什麼？還是什麼都不想的讓死神找上門，讓死神帶我到另一個未知？

「風子，你知道嗎？生死本來就是人生大事，只是人們只選擇看自己想看的，聽自己想聽的，說自己想說的。自私，浪費了我們很多的時間在後悔上。如果我們都能明白無常真正想告訴我們的是什麼！其實，我們可以很從容的來去人間。」

看著小蓮的文字，開始明白死亡並非是結束，誕生也

並非是開始。只是該如何圓滿的來去，對我此時而言，似乎還有些疑慮。

心情帶了點模糊，於是我接續著我的疑問：「所以，當面對死亡時，我們的恐懼是來自於尚未準備好，可以這麼解釋嗎？」語氣有點急促，對我而言，這答案相當的重要。已經沒有太多準備的時間，心裡很明白。

「你……會不會太熱心了一點，好像在問你自己的問題似的，看得出來你很重視這一位朋友哦！該不會是親密愛人吧！（哈！開玩笑的，別介意！）」

「親密愛人？哈！小蓮的想像力果然豐富。不過我真當他是自己的親人，所以語氣難免急了些。」

「好啦！知道啦！開個玩笑，何必把場面弄僵！」

「小蓮別想太多，妳知道的，我心裡就只有小蓮一個，除妳之外，風的世界裡容不下第二朵蓮花。」

「呵！算你嘴甜，等到討論完你朋友的問題後，我們再來好好聊聊你第一個問題，我們是否有機會碰面的問題？搞不好來個新版的『第一次的親密接觸』，我來演輕舞飛『蓮』，你來演痞子『風』。不錯吧！想起來就讓人覺得興奮。」

「這部小說的結局，不是悲劇嗎？」

「哈！好像是唷！想想也覺得有趣，幾乎成名的小說結局至少都會死一個人，也不知道是那個人下的定律，抓來打打！」這幽默，帶了點黑色，如一支箭直接射穿了紅心。而我的心，正貼著一張扯不下的靶紙，只能眼睜睜看著血直流，卻無能為力。

「廢話不多說，瘋子，我就試著以我現在的想法與你

只想遇見你

分享，先說好，答案僅供參考，只是希望能給予你的那位朋友多一種方向思考。」

「謝謝妳，小蓮，說真的，有妳真好！」

「別貧嘴了。這個問題，早先我們也曾討論過，單就煩惱而言，人們是自私的，自私到凡事只看見自己，快樂與痛苦都離不開得失，離不開自己。久了，心變得狹小，切入世界的角度也窄了，週圍的一切開始隨著自己的喜怒哀樂切換著春夏秋冬。擁有時，快樂的不得了，相對痛苦時，也就不會好受，隨時玩著情緒的蹺蹺板，輕易地把生命的主導權，交了出去。」

「所以，才會有人常說，別把心情的鑰匙交給了別人，對吧？」

「是啊！美麗的景色，何苦添加不必要的色彩！」

「這句話真好,趕快記下來當作傳家之寶!哈!」

「我還以為風子無聊到睡著了,看你這麼用心,我就放心了。」

「怎麼會無聊呢?我可是很認真在上課,隨時都作筆記喔!」

「嗯,很乖!你可以想想喔!如果我們都清楚明白所有的人事物有一天都將會因時間而煙消雲散,那我們擔心的是什麼?有一天,我們也都會走向死亡,既然難逃一死,那我們擔心的是什麼?要擔心的,應該是如何以宏觀的角度來思維生命的本來面目,什麼才是恆久不變的,什麼才是值得我們花時間去探究的!」

因為時間而煙消雲散?指的是我的身體嗎?原來,我的恐懼來自害怕消失,害怕沒有人會記得我,害怕著

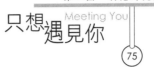
未知……

「許多人非得走到盡頭，才會開始明白時間要告訴我們的，究竟是什麼？可惜的是，我們無法預知自己死亡的時間，但可喜的是，正因為如此，生命才會開始變得積極。」

「所以無常也是來自生命的禮物，我們也應該要感謝，是嗎？」

「是啊！很開心你明白這一點……」

「小蓮大師，不好意思，可是說了這麼多，我對生命還是會感到恐懼，什麼原因呢？」

「怎麼又回到了原點呢？來！自動把手心伸出來！」

與小蓮的對話裡，我隱約看見自己的影子，與小蓮的心靈，時而交疊，心領神會。這亦師亦友的互動，在我生命的末葉，更顯珍貴。

「好的！瘋子很乖，屁屁已經抬高高等老師的愛的教育，學生心裡明白，老師會如此的嚴厲，為的只是讓學生更好，正所謂打在風身、痛在蓮心。」

「誰要打你屁屁啊！速將尊臀放下。難不成你『手部』、『臀部』，傻傻分不清楚……」

「哈！笑死我啦！I 服了 You！真的，五體投地！」

冷冷看著小蓮幽默的文字，應該要笑的，不是嗎？也許是身體的痛讓自己遠離了真實……是遠離了還是接近了真實？明白人生已無法回頭，面對生老病死生命中的四葉，如一棵生命之樹，只有選擇用什麼樣的心情走下去，卻無法擁有改變生命的能力。這無

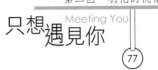

奈，只有接近的人才懂⋯⋯

「服了就好，自己打手心五下！」

「啪！啪！啪！啪！啪！啪！多一下送妳啦！」

「瘋子你可以再瘋癲一點沒有關係。我小蓮一直深信
地球是圓的這一個道理，總有一天，我一定會堵到你
的！」

看著牆上的鐘，時間只不過向前邁進了四個刻痕，我
竟然開始感覺到疲累。

「小蓮大師，小瘋子不敢再造次了，還望小蓮大師海
涵，繼續傳授我人生大法，好讓我可以走出生命的枷
鎖，走向自在。」

「讓你走出生命的枷鎖？噴！不是你朋友的問題

嗎？怎麼變成風子要『好自在』了。」

「當然……我的意思是說，誰都難免一死，每個人都應該要勇敢去面對讓自己害怕的事物。這並非是挖傷口，而是治療心靈缺乏的那一塊圓滿。」寫完的同時，也大口地吐了一口氣，為自己豎起了大拇指，我還滿會掰的嘛！

「不錯哦！瘋子，你還可以思考到這一個層面。」
「名師出高徒，不足為奇。」

「呵！會說風子回到原點的原因，是因為如果你能全然了知剛剛所說的，恐懼則不攻自破。其實人們會恐懼的原由，是來自放不下隨時間逐漸敗壞的自己。所以剛剛才會聊到所有看得見的，都將隨著時間寂滅，自己，當然也在其中。說到這裡，風子明白了嗎？」

只想遇見你

「所以我還是會恐懼的原因，是因為太過於保護自己，能這麼說嗎？」我的語氣帶了點興奮。

「再說得深入與明白一點，就是每一個人放不下『我』，一旦那個自以為是的那一個『我』存在，就會整日擔心『我』受到傷害，所有的情緒起伏，也環繞在『我』過的好不好。如果能深刻了知那一個『我』並不存在，只是一個緣起緣滅的現象，放下我執，再時時以光明面的心觀照一切，恐懼無所依附，如何升起。」

將螢幕的捲軸拉回到剛剛小蓮打得那一段文字，反覆看了再看。

隱約從螢幕黑色畫面中看見了自己的臉，這些日子的折磨，是幸？還是不幸？癌症終將帶走我的生命，不論我是否已經準備好要走。準備好，要走……

輕輕地將眼睛閉上，試著回想過去的自己，一個從出生，到現在的我。才發現自己像是一隻不停在鐵環裡奔跑的小老鼠，以為這就是世界。多麼希望有一天能停下來，選擇一個不同的方向，親見這世界的寬廣與遼闊。

「古代有許多的苦行僧，都是在痛苦中修行，是否也是讓自己學習面對恐懼，放下恐懼？」

「嗯！面對恐懼，你就發現其實那個在你生命裡搗蛋的傢伙，不是別人，正是你的心。正所謂一念天堂，一念地獄，講的就是這個道理！一旦你明白這點，你會清楚如何真正善待自己，畢竟陪著自己走到生命盡頭的，只有自己，不是嗎？」自己？是啊！自己。我從來沒有善待過自己，從來沒有。所以讓自己走到如此，我必須負上全部的責任。

「感謝小蓮大師教導了弟子這麼多受用的人生智

慧。我會把這些生命經典，分享給那一位朋友，我相信，他一定也會很受用，在他面對生命最後的時間裡，我要代他向小蓮說聲感謝！（我真的哭了！）」

「真是夠了，瘋子，這不像你哦！再說下去，套一句你用過的梗，我可能就要被迫知道晚餐吃什麼了。你忍心讓我吐得滿身外加『賣爽』嗎？『賣爽』哇就會想要報仇，哇那是報仇……（請接下一句）」

「下一個要死誰，哇卡底嘛恩栽影（臺語）？哈！」

「哈！瘋子，我們都是俗擱有力的臺灣人。對了，不是說要約見面嗎？你該不是說說而已吧！小蓮我可是很認真地，你……你可不要辜負了小蓮對你的一片痴心哪哪哪哪哪哪哪哪……（回音貌）」

見面？看著螢幕上「痴心」二字，苦笑了一下，苦，但並未笑出聲音來。開始想像所有見面後會發生的事。

一是小蓮掉頭就走？還是隨便敷衍了二句話，就看錶說是有事以後再連絡？還是如佛菩薩降臨般，用盡所有心力以因果來論述我的遭遇？還是會……陪我走完人生最後的一段路？

然而，這一切，都是我所不樂見的。

「傻蓮，我那捨得輕言兒戲，難道妳還不明白小風子的心意嗎？這一片痴心，絕對只有當局者才能明了的迷思。小蓮，那妳懂嗎？」

離開了一段感情，才發現，自己似乎失去所有在情海中生存的意志。終於能體會「鐵達尼號」的男主角，在最後寧可失去自己的生命，也希望讓另一半永

恆的完美心境。

最深層的心思，只有走到最深層的人才能懂得。目光閃了一下，眼前出現了一塊黑影，然後逐漸散去……

「我們的對話讓我想起了一首歌，陳淑樺與張國榮合唱的『當真就好』。瘋子，你不會是當真了吧！小蓮一直把你當作大哥哥看待，因為如此，我們才能無話不談。我可是很珍惜這一個緣分喔！就是因為難得，我更不容許你毀了好不容易建立起來的情誼。」

「我也是珍惜，才會讓自己亂了方向，抱歉，小蓮。」

「說抱歉太沉重啦！畢竟，你是我在網路上最知心的朋友之一。我也不容許自己去複雜彼此之間的單純交

流，如此說法，風子能明白嗎？」

不應該讓自己越了界，即使用玩笑的方式，也是不容許的。是我的不對！想想覺得可笑，可能在自己的潛意識裡，還存在用如此的方式來證明自己的魅力。

「是小蓮先起頭的玩笑！怎麼反倒是妳先當真了呢？傻女孩，我也是很珍惜目前的友誼，如果我有什麼話說得太過的話，那我得鄭重說聲抱歉。」

「…………」

「讓小蓮見笑了，我的個性就是如此，標準的射手座，常常讓話搶在大腦思考前。多有得罪，還望海涵。」

不能再犯錯了，時間正追著我跑，怕只怕有一天連道歉都來不及說，那就真的只剩下遺憾了。

「你有想像過我的樣子嗎？瘋子，你明白的，我指的是……我的臉。」

「說沒有是騙人的，不過小蓮請放心，我腦海中的小蓮，是一位飄著長髮的女孩，她帶了點輕靈的氣質，在這混沌的世間，如一朵初夏綻放的蓮花，清逸純淨。另一種解釋，她會是一種正面的力量，不斷推送需要光明的人們前進。而我，能有幸在茫茫人海中，與如此完美的人交會，內心的感恩，文字已無法盡述。」

有些話，知道該說也應該要說，怕的只是時間突然暫停，更怕失去了說的勇氣。這一生雖未盡，但心中總還是帶著些許的遺憾。如果再來一次，我會做的更好嗎？面對自己提出的疑問，我竟然不知道應該如何回答？

「瘋子，如果我告訴你，我並不像你想像中的樣

子，甚至，我是那一種你走在路上，也不會看我一眼那一型的女孩，你會相信嗎？也許你先不要急著回答這一個問題，讓我來告訴你一個故事，一個關於我的故事，聽完……你再回答我的問題，好嗎？」

突然，我的眼前失去了所有光線，這突來的暈眩，讓我無法平衡自己的身體。我用盡所有僅剩的力量，輸入我此生在電腦記憶體裡，最後的一句話……

「我會聽著妳的故事，也會相信來自小蓮文字裡的每一則訊息，那是我唯一僅存的方向……」

只想遇見你

一片黑，在我的世界裡，聽見耳邊的鳴笛聲，來自一
輛救護車。車上，有著我與小蓮未完成的故事，正用
另一種方向，前進……

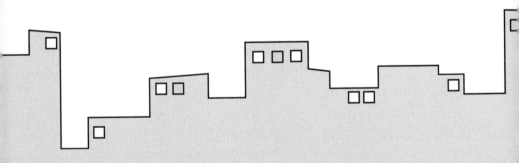

# 第三回

# 《初夏綻放的紅蓮》

該怎麼開始我的故事呢？對於尋風人，如何的言語才會說的剛好，說的讓尋風人明白我並非完美，說的讓他不會有被欺騙的不舒服感。文字該如何取捨，才不會失去這麼知心的好朋友。

「一個安靜的夜，一場突來的火，讓一個原本平靜幸福的家，失去了依靠。二個女人，還沒來得及擦乾臉上的淚，就得面對未知的明天。只是信心早已被那一場大火，蒸發了所有繼續向前的勇氣。這二

個女人，一位是我的母親，另一位你應該猜得到，是的，是我，小蓮。我的父親，為了救我逃離火場，回頭身陷在大火中，父親失去了生命，而我，失去了面對陽光的勇氣。」

鼓起勇氣，按出了傳送訊息，心裡其實有一點開心，為的不是說出了應該說的話。而是發現，自己在回憶的同時，少了點不安的焦慮，多了點面對的勇氣，加了點對現實的釋懷。

只是，瘋子會如何回應我的話呢？

「哈囉！瘋子，你在嗎？聽到請回答，OVER！」

「扣扣，有人在家嗎？」

時間正一分一秒的前進，看著瘋子的暱稱由「線上」轉為「離開」。發生了什麼事？為什麼瘋子沒有再回

只想遇見你

到電腦桌前。還是，他正在看著我的訊息，只是，不想發出任何的訊息。是怪我遲了些時候說，還是⋯⋯

決定再等五分鐘後離線，雖然不能確定尋風人的想法，但確定的是⋯⋯明天，我還是會準時十點上線。

◆

一個清晨，天微亮，走在清冷的臺北街上，一個人，是應該孤寂的。有多久不曾好好地看看這個世界，不記得了。

那一場突來的大火，帶走了我全身百分之五十以上的快樂，剩下的一半快樂，也隨著父親，早已消失在大火中。難以釋懷，父親是為了救我才失去生命的。現在想起來，失去生命對我而言，又何嘗不是另一種解脫？不用面對人們的窺視，指點著我內心最脆弱的

防線，不用擔心那一天會崩潰……不用假裝堅強，然後把真正近乎懦弱的自己，藏在自以為最安全的地方。

一段很長的時間，母親不敢接觸會發熱的東西，甚至，站在陽光下。我的解讀是，那會喚起她的回憶，一段關於失去的記憶，喚不回的擁有，卻又擱不下傷痛的包袱。也有可能，溫度會讓母親想起了擁抱，曾經二個人的甜蜜，此刻加重了一個人的悲傷。失去，成為母親唯一哭的理由。

然而我失去的，不僅是父親，也失去了一張曾經美麗的臉。

招手坐上了計程車。「小姐，您好，請問到那裡？」經由照後鏡，司機看見了我的臉。

「麻……麻煩捷運松山站。」

只想遇見你

「不好意思，可以再說一次嗎？」

「捷-運-松-山-站。」我加大了聲音，並試著將說話的速度再放慢一些，雖然知道他並非故意刁難，聲音裡，還是帶了點保護自己的語調。

「好，好的！」

我的聲帶，因為燒傷的影響，像是一道永遠不會好的傷，哽在喉嚨，感覺刺痛。是上天在懲罰我吧！因為我讓父親失去了生命，所以老天爺要我記得這一道傷口，在每一次開口說話，說一次，想一遍，痛一回。天空飄雨了。不規則的滴答聲，導引著我的心，正走入一個寂寞的舞臺。

心，主導了自己的世界，不是嗎？望著車窗外的景色，望著透過車窗映射回來的影像，一張自己的臉，似乎正訴說著一段悲慘故事。上天真的開了我

一個玩笑，如果可以選擇，我真的願意消失在這個世界，消失在這個以外表為第一印象的殘酷人間。即使閉上雙眼，依舊清晰看見了人們的表情，無聲，卻又訴說了一切。

「麻煩！前面靠邊停就可以了……」

找了零後，走進一家常去的咖啡廳，靠近學校。喜歡這裡的原因，是因為沒有花俏的裝潢，平凡到鮮少有人知道這家咖啡廳。常來，是因為這裡有我想要的寧靜。在這裡，我可以選擇輕鬆地看一本書，累的話，也能閉上眼，安靜地享受一個人的自在。

只是說來見笑，文字裡的我，似乎可以撰寫著一切讓心自在的方法，卻無法讓現實中的自己，在外境的煩惱中得到釋懷。無法釋懷的是，自己的臉！

佛法智慧裡的「聞、思、修」，似乎，我還是只能做

只想遇見你 Meeting You

到「思」的階段。站在煩惱的面前，我似乎變得無能為力，我明白問題的癥結在那裡，卻還是只能任憑煩惱宰割。

旋轉著手中熟悉的咖啡杯，一樣的位置，角落，一樣的味道，伴著一樣的苦澀。這味，苦澀，並非來自咖啡。不經意想起了尋風人，嘴角微微地上揚，露出難得的笑容。一位開朗，充滿陽光與才氣的大男孩，近乎所有世間的好，都一次給了他。心裡竟升起一絲不平，相近的年紀，卻有著大不相同的命運，兩個不同的舞臺，上演著不同的戲碼。如果這是我無法避免的考驗，祈求著諸佛菩薩給予我力量與智慧，跨越難關。

昨天發出的訊息，他有看到嗎？「哼！」下意識自諷了一聲……也許就是因為看到了，才會選擇不回覆吧！不意外尋風人的反應，如果大部分人的想法稱之為正常，他的冷漠不也只是合乎常理。只是，一位朋友，真的能夠輕易地說放棄就放棄，連再見都可以省

下不說嗎？假設，不只是朋友呢？

網路隔了一道無形的牆，好讓我可以躲在文字當中，扮演著我心目中的第一女主角，如童話故事裡的情境，完美。

「唉唷！」順手敲了一下自己的頭。

自責為什麼要告訴尋風人真實的自己，都怪他啦！說什麼要見面，網路上聊得不是好好的，就非得要見面進一步認識才可以嗎？大色狼風子，露出馬腳了吧！一樣迂腐的「賤」男人！哈！痛快！今晚十點就不要給老娘出現，看我怎麼用文字凌虐你。

就這麼決定，晚上尋風人的名字，就改叫「賤風」。呵！真是佩服自己的創意，既有自己的獨特想法又可以一吐心中的不快。只是晚上，尋風人會上線嗎？習慣，竟讓我開始對未來感到擔心。不過單就這

只想遇見你 Meeting You

些日子而言，幸好有尋風人的文字相伴，讓自己可以扮演現實生活中無法扮演的角色。

「女人，若沒人愛多可悲，就算是有人聽我的歌會流淚。我還是真的期待，有人追……」嘴裡哼著林憶蓮的歌，想起了尋風人昨晚的話……「說沒有是騙人的，不過小蓮請放心，我腦海中的小蓮，是一位飄著長髮的女孩，她帶了點輕靈的氣質，在這混沌的世間，如一朵初夏綻放的蓮花，清逸純淨。另一種解釋，她會是一種正面的力量，不斷推送需要光明的人們前進。而我，能有幸在茫茫人海中，與如此完美的人交會，內心的感恩，文字已無法盡述。」

完美，好殘酷的世間標準，生命一旦有了二元，就開始有了對立。美與醜，好與壞，難道人終其一生就只是為了一座虛擬的天秤窮拚命。依附著這個標準，讓我只能背著「醜」，在一定的距離，任人指點，這距離，遠到讓他們看不見我美麗的心。

「鈴～」包包裡傳出了「天空之城」的鈴聲，那是我最喜歡的卡通電影之一。常在夢中夢見自己飛翔，很奇妙的體驗，就是知道如何在空中翱翔，一挺身，一揮手，隨著風的牽引，在雲層間自由穿梭。

不靈巧地拿出了手機，說：「喂！你好，我是欣怡！」

「欣怡，妳好，我是怡君。還記得我嗎？」

怡君，一位幫助我從死亡回到現實的朋友，聽見怡君的聲音，不自覺將時空拉回到初見面的時候。當時的我，一無所有，情緒時而崩潰，寂靜，然後再崩潰……沒有怡君的陪伴，我過不了當時的關卡。怡君的導引，也讓我第一次以生命接近了佛法。失去所有的當下，痛苦讓自己明白，需要一點什麼來幫助自己度過最艱難的時期。開心的是，我選擇了佛法。再一次的生命，是怡君給我的，重生的路與希望，更是

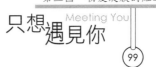

只想遇見你

怡君一點一滴陪著我一同打造。想到這兒，淚竟不自覺地掉落……

只是，我真的走回來了嗎？

每天清晨與鏡子的交會，成為了我一天最大的考驗。受傷後，母親堅持拿掉家中所有的鏡子，而我卻堅持保留完整、正常的家，因為裡頭有著父親的味道。母親開玩笑地說我那記得這麼多，那一夜的大火，讓家裡全變了樣，拿不拿走鏡子又有何不同。是的，一場大火讓家裡全變了樣，只是父親抱著我的那一張臉，我永遠也忘不了。記憶裡，當消防員將我從父親的懷抱中拉出來時，就再也沒有聽見父親的聲音了。我的身體，有父親的味。那一場大火後，我的身體，有父親用生命交換的印記。

「喂！欣怡，在嗎？」電話另一頭傳來怡君的聲音……

「在，在！我在！」順手拭去了眼角的淚……淚，在斑剝裡，我看到了思念與感謝，正在蔓延。「不好意思，怡君。剛剛想起了一些事，所以分神了。」

「咦，不對哦！妳的聲音怪怪地哦！感覺像是沙子飛到妳眼睛裡，妳還好吧！」

喝了一口咖啡，試著讓嘴裡不只是悲傷在翻滾。

「都好，都一樣！想起來也覺得不可思議，離開復健中心已經三個多月了。」

「不錯嘛！還記得結束復健的時間，我還以為妳早把我這個朋友拖曳到垃圾桶，丟了呢？」

「丟了，我怎麼捨得？」不聯絡，是不想讓自己過著依賴怡君的生活，更不想整天照三餐打電話給怡君訴苦。於是，我選擇消失。

只想遇見你 Meeting You

「將近一百天沒有妳的消息，中心裡的人都有點小擔心。」

「真的嗎？真是不好意思，讓你們擔心了。不過那一段復健的日子，幸好有妳一路陪我走過來。不然，一個人，是會輕易想起『結束』這二個字的。」

不是嗎？從進入復健中心的第一天，我就找不到一個理由，足夠說服自己繼續前進。一個連自己最基本的吃飯都要依賴協助的人，活著，對社會又有什麼助益呢？

「結束？這就是我擔心的，不過聽妳說出來，我就放心了。問題會說，就表示期待能夠解決，老話一句，我手機永遠開著，隨時打來我都方便，明白嗎？」

「嗯！明白！謝謝妳，怡君！」

「小蓮啊！對了，叫妳小蓮可以吧！我知道朋友們都
這樣叫妳。妳知道嗎？小蓮，打從我一開始認識妳到
今天，我發現並不是我在帶妳走出黑暗，而是妳自己
願意開始接近光明。如果不是妳願意嘗試開始，怎麼
會有今天開朗的小蓮呢？只是……」

「呵！怡君，妳該不會是先給我吃一顆糖，再把我一
拳打吐出來吧！」苦笑了一聲。

心裡明白，怡君想要說的是什麼。生命裡的一個黑
點，即使自己如何辛苦的隱藏，還是輕易地抹了自己
一身黑。還是無法讓心自由，不是嗎？常思考，究竟
讓心透澈的因素，是自己，還是別人？讓自己孤寂無
助的原因，是一個人，還是我選擇將心只停在某一個
角落，不願走出……

老師常說，光明，不是趕走黑暗，而是心燈一亮，黑
暗自然消失。

「嗯，沒有啦！怎麼這樣說我呢？亂沒面子的，我可是優質的現在新女性，怎麼會表裡不一呢？而且妳說錯了一件事，像我這麼小氣的優質新女性，怎麼會先餵你一顆糖，妳高估了我的預算！」

聽見了怡君開朗的笑容，我也不禁露出了微笑。

「好啦！說正經的，小蓮，妳知道嗎？在你心情最糟的那一段日子裡與現在心情看似愉快的妳比較起來，我比較擔心現在的妳。因為情緒的宣洩是每個人都需要的，雖然心不隨境轉的境界是我們都得努力的，但問題既然已經形成，就應該大方的解決掉它，不是嗎？你有在聽嗎？小蓮。」

「有，我有在聽……」視線自然落在咖啡杯的角度。

「我知道妳很堅強，所以在復健的朋友當中，我最放

心的就是妳。只是身體的復健容易，心裡的復健可就
得下更多功夫了。之前常在復健的時間，看妳一個人
倚著窗發呆，想跟妳聊聊又不知道怎麼開口。」

「謝謝妳，怡君……」

「我不是要妳謝謝啦！妳明白我的意思，雖然妳從復
健中心畢了業，但我還是希望妳在心裡能完全釋懷自
己對父親生命的責任。抱歉，我知道妳不想提起父
親，但既然問題的癥結點在這，就讓我們一起面對
它，然後解決它好嗎？」

「嗯！」我不知道應該如何回答，只是讓怡君知
道，我有在聽。

「我知道妳還是有一道傷口，在心底，我也明白那一
道傷口好不了，畢竟失去的無法追回。只是妳父親的
死，真的不是妳的錯。請容我說一句公道話，如果是

只想遇見你

Meeting You

我用生命換回了妳，我就會希望妳能快樂的度過每一天，連同我的生命，一起用心好好的活著。因為在妳的生命裡，流著與我相同的血液，基於如此，就更不應該浪費妳的時間，因為那也是我的時間，我的生命。這麼說，妳明白嗎？小蓮！」

爸，你也是這麼想的嗎？怡君的話在耳邊久久不散，像是挨了一巴掌，讓我有了理由，宣洩。止不住的淚水讓咖啡廳周遭的客人，以側目回應我突來的情緒。

「小蓮，不好意思。我本意不是希望妳難過的，我只是希望妳可以讓自己過的更好，別讓過去的回憶絆住了早該前進的妳。別傷心了，好嗎？」

閉上眼，深吸了一口氣。

「謝謝妳，我明白妳要告訴我的。只是妳知道嗎？只

要一想到未來關於我的一切，父親都將無法參與，我就……我就無法讓自己好好地走下去。」

「小蓮，問妳一個問題？妳希望父親此刻已無罣礙的在佛國中圓滿修行，還是希望父親因為妳念念的歉意，讓他懸在原地，無法究竟圓滿。妳的答案呢？告訴我！」

「當然……希望父親可以在佛國中圓滿修行。」我哽咽地回答。

「那不就是了！上課上了這就麼久，還這麼沒有光明面，可惜了老師還當著同學的面，誇妳智慧，要妳好好加油！又怎好在這一點，停留了這麼久。」

「讓妳見笑了！」

揚了揚嘴角，那一瞬間，我彷彿看見了父親，欣慰地

笑了笑，與我點點頭，然後轉身消失。感謝怡君，讓我一顆懸在半空的心，有了理由降落。

午後，到了淡水，看著夕陽，想起了老師說過的一句話……「無明，是煩惱。光明，是智慧，是菩提。沒有煩惱，何來智慧轉化而生的菩提。轉念，當下即是淨土，不是發現，而是恆在。如同蓮花，泥中依見芬芳。」

回家的捷運上，選擇了一個可以看見觀音山的位置坐了下來。這一班非尖鋒時段的捷運少人搭乘，心也格外輕鬆自在。只是，誰會注意我呢？

我想，只有我自己在注意我自己吧！猜想曾經交錯的眼神，又是否只是上演著一齣齣用「心」主導的戲碼。僅用我的角度，解讀著每一個人的想法，自以為就是真實。

久了，竟變得多心起來，即使是一雙鼓勵關懷的
手，依舊無法讓我的心感到溫暖。何苦如此……
遙望觀音山，曾經祈求著無數力量在我心展現，只
是，諸佛菩薩啊！這淨光遍在的世間，為何我的眼前
還是有著一片黑……

「媽咪，我們坐這裡好不好！」一對母女匆忙地趕
上了這一班捷運。母親親密地將小女孩抱在膝上，
小女孩則開心地把玩她的小辮子。約莫四歲吧！猜
想……

小女孩望著我的臉：「咦，媽咪啊！為什麼那位姐姐
的臉……」小女孩天真的用手指著我的臉。微笑的
表情，彷彿存在我世界裡所有的美景，都來自於她無
邪的笑容。

在那不到一秒的世界裡，我看見了「寧靜」。不需要
任何聲音的止息，因為寧靜，並非來自於環境。

只想遇見你　Meeting You

「噓！」母親摀住小女孩的嘴巴，小女孩還以為是母親正在與她玩遊戲，天真地拍打母親的手。

我站了起來，走向那一對母女，在最接近小女孩的距離，蹲了下來。

「妳叫什麼名字呢？」勉強讓臉上擠出笑容，與其說是笑容，不如說是我臉上的起伏，較為貼切。

「我叫曉鈴！」說著的同時，曉鈴用雙手比出了五根手指頭。

「五歲的小鈴，你好，我叫欣怡，我的朋友都叫我小蓮，我跟小鈴的名字只差一個字喔！所以小鈴也是我的好朋友，也可以叫我小蓮！」

曉鈴不好意思地將頭塞進了母親的懷抱，小聲地說：「那小蓮姐姐的小是大小的小，還是破『掉』

的掉。」心裡正納悶著該如何回答時，曉鈴的母親開了口說：「曉鈴是說，她的『曉』是破曉的曉，不是大小的小。教了很多次發音，不好意思，讓小姐見笑了……」

曉鈴臉紅地只想往母親懷抱裡鑽。我開心地笑了幾聲！歪著頭，對著曉鈴說：「曉鈴知道嗎？曉鈴的名字裡有一道光芒喔！就像是一道劃破天際的日出，在天空中閃耀著純淨的光芒。」

曉鈴瞪大了眼睛看著我，表情像是想說千言萬語卻又不知道該如何開口。「嗯！」猜想曉鈴應該不太明白我想表達的是什麼。

「因為曉鈴有著如此美麗的名字，所以曉鈴的未來，一定會過著幸福快樂的每一天。」曉鈴也歪著頭，看著我，笑了笑的說：「會跟小蓮姐姐一樣的幸福嗎？」

只想遇見你

瞬間的我，帶了點慌，不明白為什麼，只是覺得
「幸福」兩個字像是陌生人一般闖入了我的警戒
線。又像是被判了死刑的犯人，眼睜睜看著末路沿途
每一道憐憫的目光。

是該感謝的，為著這一句遲來的幸福……

「小蓮姐姐，妳怎麼哭了，媽媽說不勇敢的小朋友才
會用哭來解決問題。所以小蓮姐姐不准哭，因為小蓮
姐姐是一個勇敢的大朋友。」曉鈴伸出了手，抹去了
我臉上的感激。

我握著曉鈴的手，輕輕地說：「知道嗎？曉鈴，姐姐
臉上有著被火烙印的痕跡，那是因為姐姐曾經不乖
不聽媽媽的話，所以就傷了媽媽的心。天使為了讓
姐姐記得要做一個乖小孩，就在姐姐的臉上留下了記
號，好提醒姐姐要好好的珍惜與媽媽和爸爸相處的每
一天。」

眼角流下了一滴淚，繼續說著：「天使也告訴姐姐，說姐姐是一個幸運的女孩，因為姐姐有著另一個使命，就是要提醒每一位小朋友，要做一個聽話孝順的乖小孩。這樣啊！天使才不會也在曉鈴的臉上塗上記號，知道嗎？」

曉鈴開心地點點頭！她懂了嗎？老實說，我不確定……唯一可以確定的是，我看見了曉鈴純淨無染的心，依此投射而出的景色，竟是如此的美麗、明亮。這是我的收穫，沒有失去，就無法體會的覺受……應該感恩嗎？我想是的。

過了幾站後，曉鈴對著我招招手，與母親一同下了車。

一位大約十六、七歲的女孩上了車，一上車便選了靠近角落的位置坐了下來。兩眼無神的她，只是靜靜地看著眼前四十五角的位置，身體任憑捷運列車行進的擺動，搖晃。

只想遇見你

像是突然想起了什麼，眼一擠，淚水便止不住的渲洩出來。是受了什麼委屈，讓一個正值青春年華的女孩，心情如此的動盪起伏。

我起了身，不假思索地走上前去，在她的身旁，坐了下來……

沒有驚動到她的情緒。她像是一個無助的小孩，天真地以為淚水會帶走她所有的黑暗。世間人不也如此，總以為有人會聽見我們內心的聲響，在最痛苦的時分。只是久了，習慣了每一次的擦肩而過，陌生讓我們漸漸相信，冷漠，才是合乎常理。

從包包拿出了一張面紙，遞上了去……碰觸到她的臉頰時，她驚了一下，像是將她拉回到現實，身體突然打了一個顫。這驚慌，是望見我手上的疤，還是將她從某一段的時空中，抽離了回來……

她沒有開口說任何一句話，只是接下了面紙，緊握在
手中。

靜默了些許時間，女孩開了口：「其實等待死亡，才
是人生最痛苦的一件事，不是嗎？」

「如果是對我而言，過去，我會同意妳的想法。只
是，現在有太多的事，讓我沒有時間再去思考這一個
問題。」說這一句話的同時，我的心，是愉悅的，表
情，是自在的。

她抬起了頭，面對面，露出了禮貌性的微笑，帶了點
同情的說：「不好意思，希望我的話沒有對妳造成困
擾。」

拍了拍她的手：「當然沒有，傻女孩。我的臉皮可厚
著呢！想讓我臉紅可不是一件容易的事，依妳的功
力，練個十年再試試也不遲。如果妳真肯練，那我一

定等妳來試功夫。」女孩笑了，我也笑了。

「來！告訴姐姐，是那個賤男人欺負小妹妳了，姐姐幫
妳出氣，看是要他的手還是腳，只等小妹一句話。」
我拍著胸脯，堅定的繼續說：「姐姐來為妳出口氣，讓
那個賤男人斷了氣！」突來的語氣轉折，讓女孩破涕為
笑，整個捷運車廂頓時充滿了我們的笑聲。

緩和了情緒，女孩說：「先等等，第一，妳確定年紀
比我大嗎？第二，讓我哭的那一個人，不是我的愛
人，而是我的親人，目前的我還是孤家一人……」
女孩越說越小聲，取而代之的是凝結的眼神，在大笑
後，更加令人感到心疼……

「我是七年四班，不過臉上自然的面具，有時會讓人
看不出我實際的年紀。另外，我喜歡這一張面具，
也希望妳會喜歡。」擺了一個拍大頭照裝可愛的表
情，慶幸自己此刻擁有了面對的勇氣，面對迎面而來

的每一個緣分。

希望自己能記得這一股勇氣，需要時，就有。

「我是七年五班後段班，家人與朋友都叫我小芳。當然，妳也可以這樣叫我。還有，我喜歡妳的面具，發自內心的。」小芳擺出了廣告「發誓買貴退差價」的標準姿勢。我露出了感謝的微笑。

「方便問……家人怎麼了嗎？」

小芳倒抽了一口氣，說著：「是我的哥哥……只是，那是一段很長的故事，也許我可以將故事說得很清楚，卻無法盡述我面對的心情。妳能相信嗎？一個正要開始的精采人生，卻因為人生一個突來的轉折點，讓原本的夢想與未來瞬間崩落，如此的境遇，叫誰也無法接受……」紅著眼眶的小芳，更加地令人感到疼惜，眼神也透露著對命運安排的無法理解與無能為力。

只想遇見你

「生病了嗎？」我問。

她微微地點了點頭：「為什麼是我哥哥？為什麼不是別人？為什麼要我來等待即將到來的離別？為什麼不問問我是否有面對的勇氣？為什麼不給我時間作好準備？為什麼生病的不是我？老天爺有什麼天大的理由，一定要這麼輕浮地玩弄我哥哥的生命？憑什麼？到底憑什麼呢？」

不等小芳說完，我回應著：「小芳，哥哥大妳幾歲？聽起來他一定是一個很棒的人，不然怎麼能讓他的寶貝妹妹哭得驚天動地……」試著將說話的尾音上揚，帶了點黑色幽默的口吻，緩和一下小芳激動的心情。

嘴角揚了揚，繼續說著：「妳知道嗎？小芳，每一個人的生命都在倒數著，不光是妳哥哥，還包括了妳、我，還有我們看得到的每一個人。每一個人都

在等待死亡，也都不知道什麼時候，我們會離開人世間。」

小芳無力地靠在椅背上，嘆了一口氣。

「所以，如果將一個遙遠的未知，拉近到影響當下的每一個情緒。用未來的擔憂的心，干擾了每一刻值得珍惜的人生片段，如此一再的重複，失去的，將是眼前值得留心的精采鏡頭，想想是否可惜了些？」

小芳回過神，看著我。

「如此的生活，對於自己，是否殘酷？對於別人，亦是另一種不公平的待遇。沒有人有義務來接收自己所散發出去的每一道負面能量……」小芳專心地看著我，像是一位臨界在懸崖的求助者，正等待著一個理由，讓自己可以發現另一種選擇，而非只有墜落。

只想遇見你

「我的話，並非全然是要告訴妳及時，進一步來說，是一種正面思維。妳哭，就代表沒有了希望，問題如果可以解決，又為何要哭，難不成妳希望哥哥的病無解嗎？」小芳用力的搖搖頭。

「像妳這樣整天哭哭啼啼的，我要是妳哥哥，一定會很難過。我可不想因為我的病，讓每一個人的世界都成了地獄。」將話頓住，看著小芳。

小芳瞪大了眼睛，望著我，像是個做錯事的小孩，依在大人的身旁。她緊張的說：「真的嗎？哥哥真的會這麼想嗎？完蛋了啦！我怎麼會沒有想到過這一點。哥哥一定會很難過的，他這麼疼我，一定捨不得我整天為他的事擔心難過，我……我真是糟糕。」

拍了拍小芳的肩膀，說：「所以，從現在開始，妳一定要隨時保持一顆正面、光明的心，觀想著哥哥在這一片光明之中，健康、快樂。問妳一個很嚴肅的問

題，在這一片光明之中，沒有了哥哥，沒有了妳。誰來受苦？誰來傷心？」想不到在課堂上學習到的光明觀想法，竟在此時派上了用場，感謝老師所給予我的無形寶藏，取之不盡，用之不竭。

「所以在光明之中，就沒有黑暗的思維來左右我的情緒，進而造成哥哥的痛苦，是嗎？」

「答對啦！不錯喔！想不到小芳一點就通，有智慧，姐姐為妳鼓鼓掌！」欣慰地點了點頭，繼續說：「如果小芳能時時以光明的心對待所有的人事物，不光是妳受益，連同妳哥哥與一切妳所觀想到的一切，都將因光明信念，開始有了轉變。而這一股正面的力量，也將如同『蝴蝶效應』一般，轉化每一個時間與空間下的負面能量。」在內心感到一陣喜悅，與小芳的緣分，點醒了自己內心的光明面，感謝小芳，感謝老師。

# 只想遇見你

「光明的想法可以有這麼大的力量，那負面的⋯⋯」「打打喔！才說了不可以有負面的思維，就開始動了歪腦筋，妳啊！真是人小鬼大⋯⋯」

一路上，我們有說有笑，在小芳出捷運前，我們做了一個約定，在時間許可下與小芳的哥哥來一次心靈的對談。

少偉，小芳的哥哥，一位生命開始倒數的朋友，如同我的生命，如同每一個人的生命。

◆

夜裡，一個寧靜的夜，常想，是喜歡這夜的寧靜，還是喜歡一個人的輕鬆。

按下了床頭音響的播放鍵，大自然的旋律響起，是我最愛的聲音。來自大海的波濤聲，像是在訴說著不同的故

事，以不同的旋律，敲打著內心不同的思緒。然後在撞擊的頻率中，找到一個聲音，讓心，安靜了下來。

安靜，不是因為音樂停止，而是心，止息了一切的聲音……

「小蓮，噓！小聲點，爸爸帶妳去海邊看日出，動作要放輕，媽咪還在睡覺，她昨晚可忙壞了，就讓她多休息一會兒……」父親輕撫著我的臉，輕聲說著。

揉了揉帶了睡意的眼睛，望著父親的背影，跟隨。周圍的蟲鳴聲，讓清晨天未明的時分，分外地寧靜。幸福地笑了笑，放心地將自己的手交予父親。發現，原來幸福是將前進的方向交予父親，然後數著父親的腳步，前進。望著父親的背影與漸遠的帳篷，眼神竟開始矇矓，只因這一切來得太過祥和。父親此時正出現在我世界的正前方，不敢提醒自己正置身在夢中，怕一驚動……

只想遇見你

突然，父親的身影開始模糊，沒有追逐，只是對著父親大喊：「爸，謝謝您，謝謝您用盡了生命，延續了我的生命。爸，您能原諒我嗎？我真的好想您，好想您啊！爸……」

矇矓中，父親用手指著日出的方向：「妳看，小蓮，太陽升起來了，就像小蓮的名字一樣，純淨無瑕。答應爸爸要平安的長大，爸爸也會一直陪伴小蓮，看著小蓮長大，就好像是太陽一樣，溫暖小蓮的每一天，每一天……」

緊握著父親的手，仰望光明，直到，我睜開了雙眼，直到，淚從眼角滑落，直到，我確信父親來過這裡……

拭去臉上的淚，望著牆上的鐘，十點過五分。是巧合，還是……

打開了電腦，想著，尋風人會在線上嗎？很難不去想，是什麼原因，讓他這幾天從網路上消失。是消失，還是他不願意出現……

其實也不能怪他，從未想過自己還會有真正交心的朋友。畢竟這個世界有太多的標準，都對，也都不對。還是要謝謝這一段日子，謝謝尋風人讓我的生命，點亮了另一盞燈。

突然，視窗上彈出了尋風人正在線上的訊息！思緒停滯了二秒。腦中一片空白，竟不知道文字應該要如何開始。展露出微笑，也許是知道尋風人平安，光是這一點，就應該要感到欣喜。

迫不及待的傳了訊息過去：「喂！賤風，終於想到本姑娘我了喔！還是按捺不住對吧！受不了沒有小蓮的日子！哈！本姑娘就大發慈悲，讓你一次聊個夠。」

　　小芳依著約定，打開了阿哥的電腦，準十點上了線！一個夢，為了一個圓滿的開始，為了一個完美的結束……

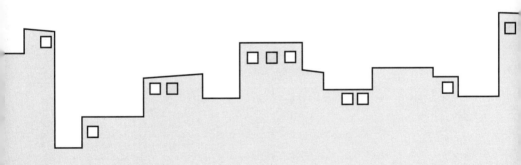

# 第四回

## 《路過人間的芬芳》

看著電腦上小蓮傳來的訊息，有些錯愕！當場呆住，該回什麼訊息才好。還是，應該選擇離開下線！

還是下線好了！打定了主意，將滑鼠指標移到離線的按鈕，此時，小蓮又傳來了訊息過來。「找死啊！竟敢不回柔弱小蓮的訊息，讓小蓮好生難受哪！（啜泣聲不斷）想逼我現出原形，門都沒有！除非……你改名叫『尋屎人』，整天找屎，哈！」

歪著頭，看著小蓮的文字，笑了笑。原來阿哥喜歡的型，竟是這種「母老虎」。想了一下，那就……以文字會會小蓮好了。反正阿哥將他的文字形象全權交予了我，怎麼玩，就看本姑娘的心情囉！

「如果不幸搞砸，頂多撒謊告訴阿哥任務成功，小蓮愛死了網路上的他，阿哥一路走來，始終完美。」我自言自語地說著，笑著……

「小芳，不可以這麼邪惡喔！要乖，要多幫幫阿哥，明白嗎？阿哥的時日已經不多，妳應該很清楚這一點，所以，要盡力圓滿他的夢，知道嗎？」善良的小芳站在我的左肩上說著。

「玩死妳阿哥的形象，讓小蓮對妳阿哥死了這條心，徹徹底底地放棄無可救藥的他。如此一來，小蓮才會公平且明白整個事情的始末，了嗎？這是在網路上的交友規則，誰也改變不了，妳也不能例外，

哈！」邪惡的小芳站在我的右肩說著。

嘴角斜一邊，上揚，心中有了決定，手指在鍵盤上開始敲打著……「小寶貝，想我嗎？別說妳不想，尋風人我啊！可想死妳了，啵！」痛快地按下送出鍵，忍不住笑了出來。接下來，就看小蓮怎麼接招了……

「賤風，這算是表白嗎？我感動的哭了，不過告訴你，要追可以，但是得先給老娘磕頭道歉。消失了這麼久，你……你以為人家的心裡好受嗎？就算是普通朋友，要離開不也要正式說一句再見。而你，什麼也沒有說，就這麼消失在網路上……」

是玩笑，還是真實，未曾見過面的二個人，竟然都希望完美畫下句點。為阿哥感到開心，也許是開始感受到小蓮的文字魔力。要謝謝小蓮的出現，是小蓮讓阿哥開始笑看生命的，文字，是一股力量，此刻的我，正在感受這一股阿哥曾經經歷過的生命能源……

「妳知道的嘛！我幽默風趣人自然紅，人一紅就忙得不得了，Be good，要乖，知道嗎？」

「嗯……小蓮乖，小蓮最乖了。那可以明白交待這段時間為何消失了嗎？死瘋子接招 凸\＿＿/凸 」

面無表情看著「消失」二字……那一夜，阿哥突然地昏迷，當我們衝進房間時，阿哥已經倒在地上，任憑我們怎麼叫也沒有回應。慌了，趕緊打電話叫救護車來！

一路上，看著阿哥的臉，思緒亂得無法呈現出正確的表情。只是覺得心疼，一個正值美麗人生的開始，阿哥卻得無選擇的面對生命的崩裂。

緊握著阿哥的手，讓他知道並不孤單。這緊握的手，同時間也安定了我的心。

只想遇見你
Meeting You

手心的溫熱，讓我明白，阿哥，離我不遠……

什麼時候哭的，忘了。只是長時間以來，一直反覆練習，阿哥離開時的表情。

人的想像力有時真的讓人無法招架，想一次，痛一次。阿哥彷彿在我的內心裡死了千百回，這黑色幽默，狠狠揚起我不規則的嘴角。

「哈！歹勢啦！因為電腦當機不乖，相信我，我也相同感到失措。怕斷了訊息，怕找尋不到小蓮的方向……」哇塞！想不到我竟也可以寫出這麼動魄勾魂的字句，文人兄妹檔，果然是不同凡響。

「少貧嘴了，不過說真的，這幾天沒有你的訊息，生活中像是少了些什麼？說不上來……;-）」

不假思索地回應：「什麼原因，讓妳期待我的出現？」

等待回應，讓時間變得漫長，為何快樂的時刻，總讓人感到瞬間。多麼巧妙的世間……

「也許，是因為你讓我看見了自己，一個真正的自己，不需要偽裝，不用修飾就可以輕鬆說出心裡的話。少了面對面的那一道牆，這心與心的距離近到超乎自己的想像……」

小蓮的心裡，像是有一面鏡子，阿哥走過，停留過，卻沒有帶走些什麼。也許是阿哥不知道自己清晰地走過小蓮的心。

望著小蓮的字，該怎麼結束，還是，不該結束。

「哈！扣扣扣，又沒聲音囉！瘋子該不會又認定我愛上你了吧！你會不會想的太多，好像全世界的女生都會看上你似的，你最好給我皮繃緊一點，你這個朋友，我是交定了。清楚告訴你，讓我再說一千次也不

嫌煩。下次你再給我突然搞消失試試看，我就讓你知道什麼是『咒怨』的力量。別逼我直接從你家電視裡爬出來，咦！這好像是『七夜怪談』裡的劇本⋯⋯≡￣﹏￣≡」

「小蓮，我們當一輩子的好朋友，好嗎？」簡單的一個問句，卻輕易地讓我紅了眼眶。一輩子對阿哥的定義是什麼，二十？還是三十年的歲月⋯⋯

「你真的是瘋了，我們本來就是好朋友啊！難不成你想把小蓮給甩了，告訴你，沒這麼容易！雖然沒有白紙黑字，不過⋯⋯嘿嘿！我手中握有風子的小人偶，只要是你不乖，我就扎你的小人頭⋯⋯哈！」

「唉呀～～～好痛啊！我的頭好痛啊！住手，妳這個小巫婆。我決定要做一個小蓮等比例的稻草人，好讓我閒來無事時，扁個痛快，哈！」文字笑了，我的心情卻也開始陷入了谷底。

時間，讓我開始又回到了起點，回到了現實。望著自己的雙手，在鍵盤上敲打著！像是一個不成熟的舞者，在無法重來的舞臺上，辛苦地迴旋著。

舞臺上與舞臺下的二種心情，同時撞擊著我的心，逃避不了也沒有勇氣去面對。想著阿哥曾經交付的完美任務，又怎能讓阿哥的心願與曾經築起的美夢，在我手中盡散。

此時像是一個失了魂的小丑，縱然汗水與淚水劃花了妝，還是得在登臺前的最後一刻，補上最絢麗的色彩。終於明白為何小丑的臉上總是畫著一滴淚，終於明白一個戲子所承受的無奈。終於明白阿哥的角色，一個專為小蓮量身訂做的完美，來自小蓮的掌聲與無法謝幕的精采……

想起了一個小故事，也許能與小蓮分享：「小蓮，跟妳說一個小故事好嗎？是一個關於希望的故事，曾經

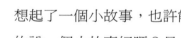

感動過我，所以想與小蓮分享⋯⋯」

「好哇！小蓮最喜歡聽故事了，我最愛的父親，小時候都會在小蓮的床邊，說著動聽的枕邊童話給我聽。快說！快說！小蓮想要聽『尋風人說故事時間』。」

「一家醫院裡，有一間安寧病房，住著二位癌症末期的病人，其中一人的病床靠近窗，我們暫叫他為小甲，另一個則靠近房門，我們暫叫他為小乙。呵！一個滿無趣的開頭，小蓮不會睡著了吧！」從小，我就是一個不擅說故事的人，朋友總笑說我一切都好，就是沒有幽默感。阿哥就不同了，文武雙全，多才多藝，說學逗唱樣樣精通。

「噓⋯⋯瘋子別吵啦！小蓮正閉上雙眼，洗耳恭聽『尋風人說故事時間』，瘋子要乖乖一起聽哦！」

滿足地笑了笑，繼續敲擊著文字。「也許是因為同病相憐，小甲與小乙很快的便成為了好朋友。身體的不適，讓他們整天都只能躺在病床上。唯一的互動，就是彼此分享著生命曾經的擁有與失去。一天早晨，小乙突然心血來潮，開心地直叫小甲告訴他窗外的景色。小甲看了看窗外，笑笑地轉述外面正在發生的小故事『有一對情侶在樹下，先是有點小爭吵後來卻又緊緊相擁；有一隻小狗追著一個小朋友，小朋友嚇的趕緊躲在媽媽的身後……』小乙聽了後開心的哈哈大笑。從此，這樣的互動模式成為了他們每天例行的人生大事……」手機突然響起，急忙地將打了好一陣子的文字，傳送了出去。

手機面板上顯示是阿哥的來電，急忙按下了通話鍵說：「喂！是阿哥嗎？我是小芳……」

電話另一頭傳來了母親的聲音：「小芳啊！都十一點了，還沒有上床睡覺嗎？」

「嗯！正在忙，等等就睡了。」

「對了！媽媽今天會待在醫院不回去，不用等門，知道嗎？」

「嗯！我知道了，媽，哥好嗎？怎麼不用妳的手機打？對了，哥晚上有吃東西嗎？」一連串的問號，明顯了我不安的心。

「我的手機沒電了，剛好充電器又擺在家裡，只好先拿少偉的手機來用。醫生最近也提醒，少偉現在的身體不適合再碰這些高頻率的電信用品。」

「那，哥的胃口呢？」我追著問。

「胃口還是不好！晚上買了一碗粥，沒有吃完。好了，先說到這裡，醫院需要保持安靜。小芳，記得早點休息，明早還得早起，明白嗎？」

「嗯！我知道了，媽也是，記得早點休息。我的手機都會開著，有任何需要幫忙的地方，隨時打電話給我！」

「嗯！知道了！」母親的語氣，帶了點沉。

「拜拜，媽！」嘆了一口長氣，看著電腦螢幕上小蓮傳來的訊息。「尋風人時間到了嗎？收音機沒有聲音耶！是壞了嗎？哈囉，有人在家嗎？」

看著牆上的時鐘，十一點過二十九分，安靜，讓夜裡分外地讓人感到落寞……

「好的，線上接到了來自聽眾的扣應，讓尋風製作小組感到相當的窩心，別走開喔！在工商服務後，再繼續今天的傳奇故事……午夜的回音音音音音音～～～（呵，就是回音啦！）」用手揉了揉帶點睡意的眼睛，想著正在電腦螢幕前專心聆聽的大朋友「小蓮」。

只想遇見你

「我看你是活得不耐煩了，是唄？你不要覺得小蓮看似凡人，其實，人人都潛藏著不可思議的功夫。可別不小心燃起了小蓮的心中火，一把燒了你頂上的尊嚴……」

「出來，就是妳啊！四眼蓮，我忍妳很久了啊！不要說我欺負人，來！我先讓你一拳！」會心的一笑，還好最近在電視上有看到「功夫」的預告片，要不然還真跟不上小蓮幽默的節奏。

「別把話匣子扯遠了啦！我們還得尋找神祕的國家寶藏呢？」

好啊！想跟我小芳鬥是吧！我就讓妳知道我們家倆兄妹都不是好惹的。望著四十五度莫須有的方向，握拳，堅定地說著：「阿哥，今天是阿妹仔幫你報仇之日，你一定要助阿妹仔五甲子的功力喔！」

「小蓮不用著急，我馬上回到故事最高潮的那一段，就是螺絲死都不肯從浮木上下來，害神奇的傑克凍死在大海上。忠貞的螺絲馬上找到了另一個男人，活過了一百歲，錢多到把價值連城的『海洋之心』丟到大海，讓一屁股的人花了大把大把的鈔票，只為載著她到處閒晃找尋與前一個男人的回憶……」按下送出鍵，心中豈是「痛快」二字能形容。

「（白旗揮舞中）瘋子，小蓮輸了，可以繼續那一段小甲與小乙的故事嗎？你再這樣下去，我快要精神錯亂了。拜託啦！讓我們繼續剛剛那段心情故事時間好嗎？」

「好啦！收到！認輸就好……（咳了二聲）。這樣的日子久了，小乙心裡開始覺得不是滋味，為何美麗的景色都只能透過小甲來傳達，都只有小甲才能親眼看到生活發生的驚奇。難道站在生命末路的二個人之

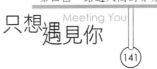

只想遇見你

Meeting You

中，他還必需要扮演失去的角色嗎？一天夜裡⋯⋯（說到這裡通常都會來點掌聲）」將訊息送出後，急忙地跑到客廳，倒了一杯水，又衝回到電腦桌前。

「啪啪啪啪啪啪啪啪啪啪啪啪啪啪啪（全場起立鼓掌十分鐘之久，只有小蓮坐著沒有站起來，原來，小蓮已經專心到只聽得見尋風人的聲音）」

其實，這個故事，是阿哥告訴我的⋯⋯

「一天夜裡，小甲的病情突然惡化，痛苦到連伸出手去按病床前的警鈴都沒有力量。豆大的汗水流過了小甲的臉上，全身。他將希望的眼光，投在身旁沉睡的小乙，用盡僅存的氣力，微弱叫喊著小乙，小乙則背對著漸漸無聲的小甲，笑了。那一晚，小甲走了。」

「再來呢？」

「過了幾天，小乙告訴護士想要移到靠近窗邊的病床，這也是小乙期待已久的心願，終於可以親見這窗外的美麗，而非透過小甲的轉述。二個壯漢輕易地將瘦弱的小乙抬了起來，當小乙看見窗外的景色時，那一瞬間，他眼前失去了色彩。面對窗外一道封死的牆，他開始痛哭失聲。此刻的他，終於聽見那一晚小甲的喘息聲，聲聲入心……」

輕輕地按下鍵盤上的輸入鍵，相同的故事，再一次讓我感受到生命脆弱與回光的那一道力量。而這一道力量，我曾經感受過，來自阿哥的方向……

「好令人回味再三的故事，謝謝你，瘋子。謝謝你又輕易地讓眼淚，告別小蓮的眼眶。我們都自以為的活在自己的世界中，自私，讓每個人都只用自己的角度，去看這個世界，不是嗎？」

「同感！」迅速回應了小蓮的問號，因為這樣的問

只想遇見你

句，也曾經存在過我的世界。而阿哥也給了我另一個完美的方向，同樣是在故事的結束後，開始……

記得當時，阿哥說：「小芳，妳知道嗎？曾經我一直相當感冒媽對我夢想的嘲弄，總是非要等到我摘下每一樣的第一，她才會開始相信我有力量去追逐自己的夢想。只是，妳知道嗎？當我站在那一個位置，準備對著媽自信地咆哮時，才發現，推我上來的力量，來自於相同的方向，來自於媽。」

此刻，不發一語看著阿哥房裡的牆上，掛滿了一張張的獎狀，想像著阿哥一次次的挑戰自己的極限……阿哥就是這樣的一個人，為了夢想，總是不顧一切的往前衝。只是忘了，對自己好一點……

阿哥好嗎？現在的他，是否一如往常般的自信、開朗。還是選擇一個人，面對一切的黑暗，承擔一切的苦痛。

「其實，我也很希望能靠近窗口望一望窗外的藍天。只是跟故事裡的二個人相比，我真的幸運多了。」望著小蓮傳來的文字，『幸運』二字，是否用得過於沉重。

「如果有一天，我指的是假如有那麼一天，我必須要到一個很遠的地方，小蓮會祝福我嗎？」這個問題，是我代替阿哥問的。應該問的，心裡明白。

覺得心虛，也許是因為我也害怕被問及相同的問題，一個連自己都害怕的問題，我竟然丟到了小蓮手中⋯⋯

「我覺得⋯⋯你不是尋風人！」

眼睛連續閃了二次，瞪大了眼，腦中呈現一片空白。像是說謊被拆穿的小孩，驚恐。此刻的文字，該如何繼續？

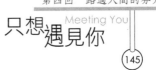
回想著稍早的對話，究竟是那裡出了問題？是一來一往的文字中，顯露出不同的個性嗎？

心一急，怕小蓮以為我的沉默來自於心虛，在尚未想好時，便開始回應著小蓮的疑問：「呵！想不到，還是被智慧的蓮兒一語道破。小蓮猜的沒錯，我不是尋風人，其實，我是『尋人』，因為，我一直在尋找一個人，一個停在我心裡許久的有情人。看似隔了一道螢幕，卻遍尋不著她的蹤跡。答應我，如果妳曾經在風中見過一朵蓮，請輕拂她一縷風，好讓她知道，尋人來過，風來過……」表情呈現呆滯狀，不知道這樣寫能不能稀釋小蓮的疑問，應該夠像阿哥的風格吧！

阿哥的風格？哈！不就是抓住二個要點，「很噁心」與「超噁心」就搞定了。自以為聰明地笑了笑。

「記得你曾經告訴過小蓮的一句話嗎？一句關於真愛的話……」

真愛？傻傻地望著這二個字。天殺的！阿哥竟然沒有告訴我這一句通關密語。不行，要冷靜啊！小芳，妳怎麼可以輕易地被「真愛」打敗。

對了，這樣子回好了。「小寶貝，我怎麼可能會忘了呢？但是此刻，我只想放在彼此的心中，不去驚動這曾經立下的誓言，只要小蓮懂，我懂，就已經足夠。」

「你果然不是瘋子，說吧！你是誰？或者你是他的誰？」這麼多的你我他，一下子把我給搞亂了，開始慌了思緒。這下可好了，是要立即的離線，還是乾脆承認。天哪！阿哥，給個建議好嗎？

一抬頭，看見貼在阿哥房裡的蛛蜘人電影海報，想起了一句話「力量越大，責任就越重。」「這我知

道啊！但重點是，干我這火燒屁屁的問題什麼事呢？」「啊滋！啊滋！」右手擺出蜘蛛人吐絲的動作，之前常與阿哥玩這個無聊遊戲，還記得當時，誰都不願意當壞人，只好二隻蜘蛛互相亂吐絲。

「猜中了唄！其實今天一開始聊時，就覺得怪。雖然你一直想模仿風子的文筆，但仔細比較起來，你比瘋子又多了一點文字的纖柔，所以我小蓮大膽地推測。妳，不是他的馬子，就是他的妹子。」又呆了幾秒，也許是因為被一連串的逼供，有一種踩到狗屎，難聞到無法裝作不是我的尷尬。

真開心，我連噁心的思維都與阿哥同出一廠，哈！我的家人真可愛。只是，眼前的情勢，離線不就等同默認。輕輕地打了自己一個耳光，說：「小芳對不起阿哥的期許，現在可好了，二邊都不是人了。」

想著該如何解釋時，小蓮的文字又傳了過來。「瘋子

在妳的身旁，是嗎？其實，我們真的什麼都沒有，妳無需試探我。我只是單純想要一個突然消失的答案，這是風子欠我的。」

「妳誤會了！不是小蓮想的那個樣子。」

「不過說真的，我反倒希望妳是尋風人的馬子，至少知道他很好，就夠了。但是，如果妳是瘋子的親人，那我會有一個更大的問號『瘋子去那裡了？』」

去那裡了？這個問題有一天我也會想問阿哥。只是，真的會有標準答案嗎？真的該打打了，都答應了欣怡姐姐在任何時刻都要以光明的念頭看待一切緣起現象，怎麼又一下子讓自己陷入了一片黑。

嘆了一口氣，想著，要是真能有欣怡姐姐一半的智慧就好了。至少，她一定知道該如何接續這一個緣起……

是要假裝電腦當機離線，還是面對面的把話說清楚。苦惱！苦惱哇！

好吧！那就……先道歉好了！「很抱歉，我不是有心想要欺騙小蓮的，這一點，應該要先說在前頭的。」

「所以呢？」小蓮的回應，有些無法理解的堅定。

「小蓮，其實我不知道應該說什麼，或是不應該說什麼。因為我答應過阿哥，就只是單純的想把戲，好好地演下去……」

「妳『阿哥』！所以，妳是他妹妹囉！」

「嗯！」

「答應？答應了什麼？為什麼尋風人不跟我聊，要找

妳來代替他發言。這樣的方式讓我有種不受尊重，被
出賣的不舒服感。」小蓮帶了氣的回應，字字打入了
我的心，只是讓心感到疼痛的，並非全然來自小蓮的
文字，而是阿哥的完美理想，此刻正從我的手中開始
流逝。

不知道是不是真的累了，眼皮沉得只想離開眼前的問
題。突然，腦子裡浮現出欣怡姐姐的模樣，想起了前
幾天曾經留下她的手機號碼。想著也許可以從欣怡姐
姐那裡，得到解決問題的答案，只是看了時間，此
刻正接近灰姑娘回歸現實的時間。近午夜了，這電
話，是撥，還是不撥……

「到底是怎麼一回事！是妳誤闖了尋風人的網路世
界，還是他正在妳身旁享受捉弄我的樂趣。還是，
他怎麼了，生病了嗎？請妳回答我，任何的理由我
都可以接受。畢竟有開始，就應該有一個結束，不是
嗎？」

只想遇見你
Meeting You

移動手中的滑鼠，在離線的按鈕上游移，該不該就這樣離線，然後再思考解決的辦法。擔心的是，這一下線，會不會從此與小蓮斷了訊息，也斷了小蓮對阿哥的信任。如此的結果，似乎殘忍了些，對於阿哥，對於小蓮……

我停了離線的念頭，將滑鼠從離線的按鈕移開。心裡突然有一股衝動，想讓小蓮知道所有關於阿哥的現在，過去，以及不可知的未來……

「也許，妳可以叫我小芳，因為阿哥也是這麼叫我的……」此刻的我，像是坦承犯案的人，希望能說了實話，然後讓一切歸於平靜。

「妳，不會是瘋子的乾妹妹吧！我看多了這類的賤男人，什麼她是我妹妹，這個也是我妹妹，別以為妳假裝是瘋子的妹妹，我就會相信妳。我可是冰雪聰明的小蓮是也。」

看著小蓮傳來的文字，反射性的回應：「阿哥不是這一種人，就是因為阿哥太在乎妳，我們才會有機會在網路上碰面。」

「我不是那個意思，只是個玩笑！」

「如果真的可以選擇，我寧可希望阿哥是個花心的人，只要阿哥平安、健康就好。至少，夢想對他而言不算太遠。至少，我可以不用在午夜時分，一通電話響起時，猜測究竟是發生了什麼事？」

明白在心中，還有很多的「至少」可以傾訴。停住，是發現自己不能再妥協於黑暗之中，需要讓自己有接近光明的機會，那會讓我有力量去面對生命裡每一次的低潮。

「看來，應該是我誤會了尋風人，向妳說聲抱歉，我的言詞有些偏激，請相信，我並沒有惡意，對妳，對

只想遇見你

Meeting You

尋風人都是一樣。只是，妳的文字有些無奈，可能的話，告訴我發生了什麼事，好嗎？」

發生了什麼事？是的！這些日子以來，究竟是發生了什麼事？究竟是什麼事，足以讓我亂了對幸福的定義，亂了周圍原本應該平靜的生活。

突然發現……如常，是一件最美麗的事。如常，讓一切都回歸到如童話世界般的寧靜。如常，讓人輕鬆忘卻了時間正在前進……

「小蓮，妳應該很清楚，有一天，尋風人會在妳的世界中消失。不清楚的是？那一天到底離妳有多近？我別無選擇地站在命運的路口，見證著生死，見證著阿哥每一次的喘息。」

我決定告訴小蓮，一個完美童話的殘酷結局，然後要謝謝小蓮，路過阿哥的生命末路，陪伴……敲打著

鍵盤，文字就像是一首動人的歌曲，輕易地扯動知音人的心弦。

忘了時間過了多久，記得的是，眼前重覆的矇矓與清晰……

像是久未整理的倉庫，有種全然傾洩的快感，人的本性，竟在此時得到印證。不自覺地微笑，一種冷的感受，自心中散開，與淚水的溫度成了明顯的對比。記憶讓我走到了阿哥生命的懸崖，而那裡，有著光明、小蓮與我。

伸出手，才發覺能夠握在手中的，似乎不多，於是選擇觀望，猜測著此刻的小蓮，正用著什麼角度，看著阿哥即將寂滅的軀體。

「相信緣分嗎？小芳！」

只想遇見你
Meeting You

緣分？突來的轉折，將我拉回到了現實。來不及思考如何回應時，手機突然響起，這夜半時分，還是無法推開不該有的負面思維。手機上顯示著來電姓名，是欣怡姐姐打來的。是心電感應，還是欣怡姐姐的修行已經到了他心通，還是在禪定中發覺小芳有難，速速前來救駕。

「救駕」？哈，我真的是吃多了阿哥的口水，連即時的反應，都逃不開阿哥的魔掌。從小，我就是阿哥心目中的小公主，只要我開口的，阿哥總是有辦法滿足我的孩子氣。

「我是公主，那哥哥就是小芳心中永遠的皇上，皇上萬歲，萬歲，萬萬歲！」「阿哥」的名字，就是在那個時候，習慣。

記得那時，當阿哥不聽話被媽媽狂扁時，還會急著大喊：「救駕！救駕！」我止不住的在一旁大笑，媽媽也呈現出五味交雜的表情，想笑但又氣在心裡。

只是現在，這句「萬歲」似乎也間接諷刺了我心目中永遠的阿哥。

「喂！是欣怡姐姐嗎？」小心地打了一個呵欠。

「嗯！我是欣怡姐姐，在忙吧！這麼晚打給妳，會不會打擾到妳呢？」

「不會地。只是在想，什麼原因讓欣怡姐姐這麼晚打來？」回頭望了一下電腦螢幕，畫面停留在最後一個驚嘆號，顯示小蓮目前處於「離開」的狀態。猜想著此刻她的心情，也許沉默，是目前最好的回答。

「記得我答應過小芳，要去看小芳生病的哥哥嗎？我只是想……」突來的寧靜，換來的，是微微的啜泣聲。「發生了什麼事？欣怡姐姐，妳先別難過，什麼事都可以解決的。妳先別哭，讓我們一起來面對，好嗎？」

只想<sub></sub>遇見你 Meeting You

157

「沒事的，謝謝小芳的關心，說來見笑，前些日子才與妳高談心寬，要妳以光明面來處理哥哥的事，這一刻，我卻因為心中有著放不下的事，而感到悲傷。」欣怡姐姐倒抽一口氣，也許是燒傷的原因，讓欣怡姐姐在說話時明顯有些吃力。

覺得心疼，刻意放慢自己說話的速度：「放不下的事？是什麼天大的事，可以動搖欣怡姐姐如如不動的心？」

「小芳真愛說笑，都是妳，害我都不知道該哭該笑了！」

「那很好哇！既然可以選擇，那當然選擇微笑，誰希望整天掛著哭喪的臉，如行屍般走來走去。」話尚未說完，趕緊抽了張面紙，拭掉稍早臉上未乾的淚。

「小芳，抱歉這麼晚打來，只是想知道，如果明天去看妳哥哥是否方便？」

心裡覺得開心，早就希望能為阿哥做些什麼事，有了
欣怡姐姐光明面的分享，相信阿哥聽了一定會很歡
喜，很受用的。「當然方便啊！只是沒想到會這麼
快，謝謝欣怡姐姐挪出時間來，相信阿哥在聽過妳光
明面的觀念後，對生命一定會有一番新體悟的。」

與欣怡姐姐約了明天早上九點在醫院前的捷運站出
口，這個時間正好可以讓母親早些回家休息。

看著電腦螢幕，小蓮沒有再傳來訊息，腦海裡想像著
小蓮痛哭失聲的畫面，越是這麼想，越是覺得對小蓮
過意不去。只是離線前，至少應該要說聲再見吧！

肯定的點點頭，送出了訊息。「還好嗎？小蓮，知道
妳的心裡不好受，這樣的消息，任誰也無法第一時間
招架。阿哥會很好，會一天比一天還要好，小蓮也要
幫阿哥加油喔！為了阿哥，妳也一定要保重自己，好
嗎？」

只想遇見你 Meeting You

「辛苦了，小芳！任誰都不希望親身面對家人的離去，為了妳的阿哥，小芳也千萬要保重自己的身體，知道嗎？」跳出的訊息，讓我平息了一點對小蓮的歉意。

「我知道，謝謝小蓮，這些日子幸好有妳，妳的出現，給了阿哥一個很好的理由，一個可以期待明天的理由。」

「別這麼說，我也同等受惠。夜深了，小芳早些休息。」

小蓮的文字有點落寞。十幾分鐘前，小蓮的世界裡還保有一個完美的可能，也許，小蓮也曾經思考過與阿哥的未來。剛剛的話，也許說得太急，一下子給予了小蓮太多負面的事實。後悔嗎？我問著自己。無法給予自己一個肯定的答案。那就……隨緣吧！

「還會⋯⋯再上線嗎？小蓮！」覺得自己殘忍，剛剛扮演完死神，現在又想扮回上帝的角色。

「妳希望呢？」小蓮將問題丟了回來，才發現這個問題，並不好回答。

「我希望，小蓮能快樂⋯⋯」

「我也希望，尋風人能快樂⋯⋯」送出這則訊息時，小蓮無預警的離線。「快樂」二個字，此時在螢幕上顯得有些孤單。無奈抽動了一下嘴角，我搞砸了阿哥交辦的事，同時讓二個人感受到別離的痛苦。

「相信緣分嗎？」⋯⋯欣怡姐姐的電話⋯⋯電腦螢幕同時的靜默⋯⋯

微笑，這個問題，似乎有了答案⋯⋯

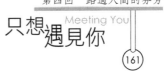

只想遇見你

明天，該用什麼表情面對尋風人，想想也無妨，不
管自不自然，他永遠也見不到我真正的表情。在心
裡，在小蓮與尋風人的完美世界裡……

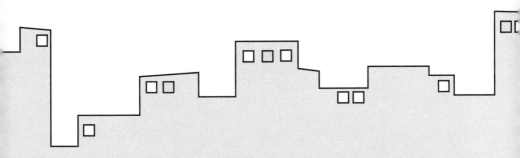

第五回

# 《泥中更見光明》

什麼時候睡著的，不記得了。望著書桌上的電腦，螢幕還閃爍著。

看看手中的錶，八點過三分，離小芳約定的時間，還有一點距離。明顯感受到心跳在加速。

人與人之間的緣分讓人感到不可思議，捷運站上的小芳交疊著網路世界裡的小芳，說著相同少偉的故事。不同的兩個時間與地點，竟有著不同的心情。

第一次的心情，是平靜的，第二次的心情，是悲傷
的。

當串起了少偉與尋風人的關係後，我竟開始害怕時間
的前進。

只是從沒有想過要與尋風人見面，更沒有想過會是在
這樣的情況下見面。

坐在梳妝臺前，反覆看著自己的臉，突然想起「完
美」二個字的定義。完美，如果抽開了時間的基
準，是否還能算是完美。回想起這些日子以來的對
話，心裡不禁為尋風人感到心疼。

小蓮與尋風人，少偉與欣怡，二個交錯著生命的夢
想，都以為是最完美的呈現，卻用文字保護自己的不
完美。

只想遇見你

應該開心的，不是嗎？要不是這一段奇妙的緣分，怎麼會知道尋風人真實的狀況，也許，就這麼錯過，像是在人間蒸發了一位朋友，卻忘了祝福……

打定了主意，就以欣怡的角色去面對他，面對尋風人的另一個角色「少偉」。突然間，思緒帶了點沉寂，難過嗎？我想，是的！腦中開始浮現尋風人的長相，幽默無厘頭的他，也許有張像吳宗憲的痞子臉。也許像費玉清，斯文中帶了點黃色的調。不對，依他的文字，應該像詩人徐志摩一般，信手拈來都是一句浪漫。

進了捷運站，一如往常般的擁塞，每個人的步調快到只能擦肩而過。因為是大部分人的生活模式，所以這樣的生活，稱之為正常。

「不要啦！我就是不要啦！」一個小男童在等待捷運的同時，耍起了脾氣，只見一旁的父親急著直哄

他：「乖！等一下下車再帶你去買玩具，好嗎？」小男童沒有因為這句話安靜下來，索性就賴在地上，哇哇地大哭起來。

「羞羞喔！你看每個人都在看你，都在笑你這麼大了還在哭。」小男童不領情，竟哭得更大聲了。一旁的父親見局勢無法掌控，索性就躲開離小男童約莫五步的距離。

順手拿出包包裡的一支原子筆，走近小男童，說：「你看喔！這是一支神奇的魔法筆，只要我唸出咒語，筆就會乖乖的黏在姐姐的手上，不會掉下來喔！」好奇，讓小男童停止了哭泣，睜大眼睛，直望我手裡瞧。

用了點魔術的小技巧，當原子筆成功浮在自己的掌心時，小男童開心地大叫起來：「姐姐好棒喔！怎麼變的，怎麼變的啊！」他扯動著我的衣角。

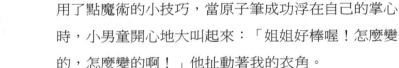

「只要你乖乖跟著爸爸上車，一路不吵，姐姐就把全世界只有一支的魔法筆，送給你。答應的話就跟姐姐打勾勾，一言為定！」故意作勢將筆準備收回包包。

「打勾勾！打勾勾啦！」小男童緊張地跳啊跳！

「那個人的臉怎麼這樣啊！」一位等捷運的婦人，提出了質疑。

「一定是前世做了什麼壞事，今生才會受這種果報，可憐喔！」另一位婦人搭了腔。

慢慢拿出包包裡的筆，蹲下，交予了小男童，摸了摸他的頭。小男童跑回了父親的身旁，牽著父親的手，直嚷嚷剛剛的神奇。

走近那一位婦人，臉上帶著微笑說：「這是我父親

送給我的禮物，我很珍惜，也希望妳會喜歡。」我指著自己的臉，一字一字清楚地說著。婦人刻意走遠，嘴裡不時唸著：「夭壽喔！阿彌陀佛……阿彌陀佛……」

「多念阿彌陀佛會增長福德資糧，會長壽，不會夭壽啦……」話一說完，剛剛的小男童笑出了聲音，婦人則有點不好意思的對我直點頭。

「阿彌陀佛，光照十方國，無所障礙。無論我們是誰，在那，都無礙阿彌陀佛遍照世間的光明，想想，還有什麼比這個更值得開心的！」每當自己覺得不公平，總是會想起老師的這一句話，總讓自己覺得沒有被世界所遺棄，不管多苦，眼淚還是會讓遍在的光明，晒乾。

我指著自己的心，再指著婦人的心，說：「希望妳能穿越過我的外表，看見我那一顆與妳相同美麗的心。」婦

只想遇見你

人不發一語的走遠，頻頻回頭，沒有多說什麼。

眼神落在剛剛那一位小男童，只見他專心地看著我，突然，我眨了一下眼睛。這樣的舉動讓他覺得有趣，也回眨了我一眼。我們互相看著對方，笑了。

「各位旅客，下一站『臺大醫院』……」聽見廣播時，心突然驚了一下，像是提醒自己「真的」就要與尋風人碰面了。

上了手扶梯，看了一下手錶，八點四十分，離約定的九點還有一點時間。看見不遠處有一位阿婆在賣花，背微駝，在豔陽下更顯她的辛苦。抿了一下脣，心裡打定了主意，便朝著阿婆的方向前進。

「阿婆，您這花怎麼賣？」

阿婆定神看著我，豎起耳朵，帶了點音量回答：

「妳說什麼啊！我年紀大，耳朵不靈光……」

「您這花怎麼賣啊！」再說一次時，突然發現一個角落，置放了一個小水桶，裡面擺放了幾朵蓮花。是睡蓮，只在夜裡與清晨綻放的無染。

「沒有一定價錢，妳先挑，挑好再算錢！」阿婆看著我，慈祥的笑著。走近蓮花的位置，停了下來。偶遇蓮花的緣分，讓我感到不可思議，況且，這緣分又是來自尋風人，人世間，果真是妙不可言。挑了二朵，一朵紫色，一朵金黃色。

「這樣子多少錢呢？阿婆！」將手中的二朵蓮花交予阿婆。

阿婆看了看後，笑笑說：「這不用錢啦！」

「不用錢？」

只想<br>遇見你

「對啦！不用錢！送給妳。」阿婆轉身抽了一個大袋子，加一點水，將蓮花擺了進去。

「阿婆，不算錢不好吧！」將手中的一百元，遞了過去。阿婆則用裝好蓮花的袋子，又推了回來。

「送給妳啦！真的不用跟阿婆客氣，妳啊！跟阿婆的孫女差不多年紀，阿婆的孫女，也喜歡蓮花。」阿婆嘆了口氣，問著：「妳……妳是怎麼受傷的啊！」老婆婆指了指我的臉，不好意思的問著。

「燒傷的，幾年前的一場大火，留下來的印記。」

阿婆摸著我的臉，輕聲說著：「辛苦了，小女孩！」受傷後就沒有人摸過我的臉，這突來的舉動，讓我有些思緒還來不及反應。

「阿婆，您還好嗎？」沒有撥開阿婆的手，只是看著

她的臉。

「阿婆的孫女也經歷過一場大火，只是她很幸運，沒有活下來……」還沒說完這句話，阿婆突然抱住了我，帶了點力道，像是怕我又消失似的。

我自然的伸出手，抱著阿婆。「不能哭喔！如果被阿婆的孫女看到，她一定會很難過的。」阿婆沒有回應，只是哭。猜想阿婆的淚，早就想找一個理由，好好流了。

「阿婆的孫女真的很幸運喔！因為呀！她有一個好阿婆，但請您相信我，阿婆的孫女現在一定很好，而且，她一定也希望阿婆很好。」

阿婆鬆開了手，看著我，點點頭說：「妳很懂事，父母把妳教的很好。」

只想Meeting You遇見你

突來地一個靈感，我拿出包包裡的手機，對著手機說起話來：「爸，是你嗎？我是小蓮，我現在很好。對了，你有看見阿婆的孫女嗎？」阿婆表情有些吃驚的看著我。我假裝等了一下，接著說：「找到了嗎？太棒了，長的就像是一位美麗的小天使。對了！爸，你能請她接一下電話嗎？」

說完後，我慢慢將手機交給了阿婆，點點頭，示意是阿婆的孫女打來的。

阿婆看著我，時間約停了二秒，阿婆接過了手機，小心地將手機拿近耳朵，說：「小……小貝，好嗎？婆婆好想妳啊！妳知道嗎？妳不在的這段日子，婆婆覺得好孤單，但婆婆不敢跟任何人說，因為大家找不到妳已經很難過了，婆婆不能再讓他們擔心。只是，只是婆婆真的……真的很想妳啊！小貝……」

阿婆放聲大哭，一個上前，我抱住了阿婆，緊緊

地，抱住阿婆。

「妳知道嗎？小貝總是跟我說，等到了蓮花綻放的時節，她就會回來看我。小貝走後，每一年的夏天，我就習慣坐在屋前的院子，等著花開，等著小貝。」突然，阿婆像是自責的拍打著自己的胸口。

伸出手，我握著阿婆的手，輕聲地告訴阿婆：「我回來了，婆婆，對不起，讓婆婆等了這麼久，對不起……」

我不知道這樣子的處理方式，阿婆是否會好過一些。也許，就讓阿婆好好的哭吧！

手機突然響起，阿婆驚訝地望著我。接過了手機，螢幕顯示是小芳的來電。「喂！是小芳嗎？不好意思，我在附近，等會兒馬上就過去與妳會合！」心情開始轉為緊張，彷彿尋風人此時就在眼前。抬頭看

著臺大醫院新大樓，尋風人就在裡面嗎？我問著自己。

轉身走近阿婆，我們互相看著彼此哭花的大臉，我輕輕牽起阿婆的手說：「阿婆！妳要答應我，不能再流下一滴眼淚了，好嗎？」

阿婆微笑點點頭說：「那……妳會再來看阿婆嗎？」

我眼神帶了點淘氣的向著天空看，假裝思考。「嗯……讓我想想這個問題！」我輕拍著阿婆的手說：「這是當然的啊！而且我答應阿婆，只要時間許可，每個時節，我一定都會來看阿婆的。」

阿婆欣慰的看著我，那種眼神，有點熟悉，我曾經在父親的臉上看過，那是一種依靠的幸福，二個人才會有的溫暖。阿婆將裝著蓮花的袋子交到了我的手

中：「現在，妳能收下了嗎？」

「當然，因為妳是我的阿婆啊！」

「叫我婆婆就好了，親近些。」

「知道了，婆婆。」

阿婆知道我叫小蓮時，雙手合十向天，像是曾經許了一個願，如今成真般的喜悅、感恩。回首向阿婆道別時，從透射的光芒中，看到了阿婆，看到了菩薩……

「欣怡姐姐，我在這裡！」捷運站出口前，小芳開心地對我招著手。「抱歉小芳，讓妳久等了。」

「不久，不久，我也才剛到，只是耐不住性子就馬上打手機給欣怡姐姐。」小芳指著我手裡提著的蓮花問：「欣怡姐姐，妳買蓮花啊？」

只想遇見你

「是……是啊！」有點心虛，以為小芳串起了我與小蓮之間的關聯。

「看病送蓮花的好像不多……」

「真的嗎？我不太懂這個，沒有犯到忌諱吧！真是糟糕！」我將蓮花舉得高高，細心打量著。

「不會啦！一個心意，什麼花都好。何況蓮花阿哥應該也很喜歡……」小芳表情若有所思的停了一下。

「哥哥的病房往哪個方向？」刻意將話題轉向。

「這邊走，這邊走！」小芳走在我的前頭，步伐時而急促，昨夜突然的離線，也許讓小芳有些灰心。

進了電梯，小芳故作鎮定的對我說：「阿哥的病房在七樓7B11，二十四小時不打烊。」

「有阿哥的小芳真好……」哼出了廣告旋律，及時回應了小芳的黑色幽默。可能是我的火候下太重，逗得小芳止不住地在電梯裡大笑。

「欣怡姐姐好厲害，既能論述佛法至理，又能幽世間一默，小芳佩服！」小芳作揖的彎下身。

「平身！」雙手順勢扶起了小芳，只見她瞪大了眼睛，看著我。

「我已經等不及帶欣怡姐姐去看我家阿哥了，你們，一定很有話聊，相信我。」小芳詭異的笑著，被看穿了嗎？應該，不太可能吧！

電梯「噹」的一聲，到了七樓，想著正與尋風人在同一樓層，這味兒，帶了點不可思議。只是這味兒，似乎也帶了點藥味，帶了點沉。醫院，一處天天上演著生老病死，人世四葉的大舞臺，每個人都逃不過，半

點也由不得自己。

一位推著輪椅的老伯，迎面而來。

「高伯，今天氣色很好喔！」小芳輕快地打著招呼，老伯則是笑開了沒有牙齒的嘴，用著不清楚的語調喊著：「什麼時候再說故事給高伯聽哪！」

「就在今天……就在今天……」小芳模仿著電影「霍元甲」裡乞丐的聲音，唯妙唯肖，逗得老伯笑得合不攏嘴。

看著小芳，我彷彿見著了網路世界裡的尋風人，渾身上下充滿了朝氣。該不會兄妹長的一個模樣，只差在髮型上？我暗自竊笑著。

「張媽，等等我帶本書給妳，妳最喜歡的靈異情節，媲美『藍色蜘蛛網』，哈！」小芳翻了個白

眼，嘴裡嗚嗚的叫著，以不熟練的太空漫步，飄移過張媽的眼前。

「三八丫頭！」張媽笑罵著問：「後面這位小姐是？」張媽指著我問。

「我新認的乾姐，她跟張媽一樣，也是學『猴』的喔！」小芳雙手交叉在胸前，學著標準許純美的動作。

「你們啊！兄妹都一個樣，不正經。妳可別見怪啊！」張媽朝著我的方向說笑著。

「不會，不會！其實我瘋起來也不輸小芳！」怎麼會這樣回答呢？臉上頓時劃過三條線。

只見張媽仰天大笑，說：「也好，熱鬧些！病房怕的就是沉。」

只想遇見你

「有小芳在，這點張媽就不用操心了！」搭著張媽的肩，小芳順勢幫張媽捶起背來。

「小心啊！別勾著了點滴的線，好不容易有機會當大象張媽，可別壞了張媽的好事！」

張媽沒提，真的很難想像張媽正插著鼻管，坐著輪椅。年紀大約七十有八了吧！我猜想著。

「小芳是個歡喜佛，總是帶給每一個人快樂，這樣很好！」

「欣怡姐姐別三八了啦！」小芳作勢害羞，輕推了我一把。

「妳跟妳哥很像，聊不到三句就逗得我哭笑不得……」發現自己的話說得太急，露了餡，趕緊圓了回來：「我指的是，剛剛聽那位張媽說你們兄妹都同一

種個性，就猜想妳哥應該也擁有相同搞笑的功力。」

「小蓮……花好美麗！」小芳對著我大叫，見我瞪大了眼，再轉看我手上提著的蓮花。只見小芳笑得無法自已，我則是冷冷尷尬地望著她。

「所以，妳早就猜到了！」。小芳抱著笑痛的肚子，無法回答，只能用力地點點頭。

「什麼時候發現的？」

「昨天……晚上。」

「昨天晚上？怎麼可能，我明明掩飾的很好，怎麼可能被小芳看穿。」

小芳慢慢地吸了一口氣，接著說：「哈！騙妳的啦！我是在捷運口先假設，在電梯裡存懷疑，十秒前

才得到確認的。欣怡姐姐不適合當壞小孩，因為妳不太會說謊。」

「我不太會說謊是真的，不會演戲這妳就小看我了，我可是演過舞臺劇，妳眼前這位可是當過第一女主角的喔！」我氣嘟嘟的說著，只是小芳也沒閒著，繼續笑著。

「姐姐別生氣，我指的是當姐姐說謊時，臉就會紅通通的。如果妳被法官訊問，根本就不需要測謊，看妳臉的變化就知道了。」小芳說完繼續笑著。

「好哇妳，看我怎麼修理妳！」我作勢要哈小芳癢，小芳則一個轉身，躲到了一個人的身後。那個人，瘦瘦的，露著不協調的微笑，臉色，有些蒼白。雖是如此，卻不難感染他正值年輕的氣息。

「阿哥，她就是我常跟你提起的心靈大師『欣怡姐

姐』。欣始姐姐，他就是我最最最愛的阿哥『少
偉』。」小芳躲在少偉的身後，對我眨了一個調皮的
眼睛。

腦子突然一片空白，任憑自己怎麼努力的尋找，就是
記不起早已練習過的見面臺詞，只是眼睜睜的讓自己
呆站在少偉的面前，不知所措。看著憔悴的他，怎麼
也連繫不起來少偉與尋風人的關聯。心裡慌了，知道
眼淚即將潰堤，我轉身不讓場面因自己而失了控。

「還好嗎？欣怡姐姐……」小芳上前搭著我的肩，
輕拍。

「抱歉，嚇著妳了嗎？」少偉走近我的身邊，聲音雖
微弱，卻輕易地在我內心撞擊出聲響。壓抑不住心裡
的悸動，清楚此刻的自己，開不了口。

小芳明白我心裡的難受，轉身對著少偉說：「阿

只想遇見你 Meeting You

185

「哥，可能是醫院裡的空氣不太好，我帶欣怡姐姐到外頭走走，等等就回來。」小芳接過了我手裡的花。

「交給我吧！」少偉冷冷地說。

「嗯！那阿哥先進去休息，我過一會兒就回來。」少偉沒有回應，只是拿著花，轉身離我們而去。

小芳挽著我的手，走在醫院的中庭，我們選了一處接近小池塘的石椅，坐了下來。

「還好嗎？」小芳問著。

我緩緩點頭，勉強擠出尷尬的微笑說：「抱歉，第一次見面，想不到竟是這樣的開場……」

小芳看出我的落寞，輕鬆說著：「別想太多，是阿哥不好，他太嚴肅了！」小芳仰望著天空，笑著。

「是我不好，不應該讓思緒亂了情緒，搞得場面脫了序。」

「哇！好厲害，連說話也能押韻，不愧是小蓮大師，小芳佩服！佩服！」

「小蓮已經消失在這個世界上了……」我淡淡地說。是該消失了，不是嗎？連自己都無法承受的痛，又該如何帶著少偉跨越。冷笑了一聲，是嘲諷高估了自己的能力，也譏笑著自己的怯懦。我究竟只是一個平凡人，一個曾經被火紋身的泥菩薩，自身難保。

「小蓮……」

「別再叫我小蓮了，那會讓我分不清網路與真實的世界！」我的語氣有些激動。怎麼會對小芳發脾氣呢？那個自許如蓮無染的自己，去了那裡？閉上眼，試著讓自己的心，平靜下來。

望著一旁無表情的小芳，我帶著歉意的說：「抱歉讓小芳見笑了，是我不好，讓小芳失望了。我練習了很久，該如何說出第一句話，表情如何才會自然些。只是這一切在面對少偉後，都亂了，亂了……」

「別這樣嘛！妳不是告訴過我，就是因為人生無常，所以才會顯現『當下』的可貴。我們都不清楚『無常』何時會來，那就珍惜每一刻相處的現在。」

小芳的話，點醒了我，知道自己不能再這樣下去，陷入了悲魔，對少偉，對自己都絕對沒有實質的幫助。

「少偉知道我是小蓮嗎？」

小芳笑笑的說：「除非阿哥是柯南，才有可能在碰面不到一分鐘裡，串起所有的線索，察覺欣怡姐姐就是

小蓮。」

「又貧嘴了！」我雙手捏著小芳的臉頰，成了一個滿意的鬼臉才鬆手。

「很痛耶！小……我是說欣怡姐姐啦！」小芳面露無辜的看著我。

「私底下小芳還是可以叫我小蓮，至於少偉……就暫時先別提好了！」

「嗯！」小芳爽快的回應，帶了點鬼靈精，似乎說著，即便我們選擇不提，也終將被少偉看穿。

沒想太多，只是覺得，既然少偉希望給予小蓮一個完美的形象，那也就先保留他心中完美的小蓮。我摸著自己起伏的臉，起身，點頭告訴小芳，我已經準備好再次面對少偉，面對尋風人。

只想<ruby>遇見你<rt>Meeting You</rt></ruby>

189

站在無依的懸崖上,獨自面對著死亡,像是一個小丑,上臺,只是為了呈現自己好的那一面。抽開這一個理由,一個人,似乎也只剩下寂寞,安靜地面對時間的倒數,等待死神的到來……

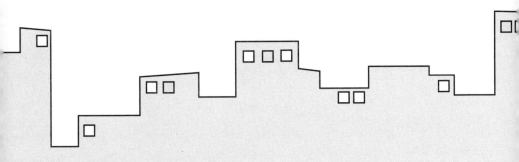

第六回

# 《風中蓮》

為剛剛初見面的女孩感到難過，一張不完美的臉，似乎正訴說著她曾經歷過的苦痛。換作是我，一定也承受不了這樣的打擊。對著鏡子，我摸著因化療日漸稀疏的頭髮，肯定地點點頭。

「鐘樓怪人，你今天又嚇到小女生了，打打！」我輕鬆嘲弄著自己。

整理了一下，將蓮花放進了小芳帶來的花瓶，擺

正，瞧了瞧後說：「嗯！色調還蠻搭配的，只是會買蓮花到醫院的，似乎少見，她真是一個奇特的人。」

蓮花，輕易讓我想起了小蓮，算一算我消失在網路上的時間也過了個把月。只是，小蓮還好嗎？「你現在還好嗎？是否過著你想要的生活……」一時靈感，哼起了歌。還是喜歡八〇年代的情歌，不過說真的，九〇年代的R&B也真夠屌的。尤其是周杰倫的歌與方文山的詞，速度快到連手裡拿著歌詞都還不一定跟得上歌曲的節奏。

小蓮，喜歡什麼音樂呢？拿出了隨身帶著的筆記本，翻到了想要的位置，停了下來。

一首未完成的歌詞，只寫了幾句。「如果面對需要勇氣，我希望力量來自於你……」寫給小蓮的，認識後的一個月，突來的靈感，所以立即將想法落於文

字。會完成嗎？自己也不清楚。那一天與小蓮失了連繫後，文字似乎也理所當然的停滯。是少了前進的理由吧！我想是的。會想完成這首歌嗎？我想，是的。

望著那兩朵蓮花，靜默了幾秒，突然，亮光湧現心頭，趕緊拿出了筆，記錄下此刻的靈感。

同一時間，小芳回到了病房，與那個女孩一起，那個失去美麗的女孩。我用著很自然的動作，將筆記本收了起來。

「阿哥，藏什麼？表情怪怪的唷！」

「還能藏什麼，妳知道的嘛！每個男人都會有的生理需求，畢竟你阿哥也只是一介凡人。」小芳比了割喉的動作，示意我不要開黃腔。閃過一個想法，自身後拿出了一包衛生紙，說：「這個啦！人有三急，隨身

帶著以備不時之需。」看著欣怡笑了，小芳與我也鬆了一口氣。

「欣怡姐姐，妳別介意，我阿哥就是這樣，整天瘋瘋癲癲的，不正經。」

「呵，沒關係，我已經在小芳身上領教過，老實說，我並不訝異，當然更不會介意。」捅了小芳一刀的欣怡，暗自笑著。

小芳則是馬上變臉，氣嘟嘟地直嚷嚷：「才剛見面你們就同盟了，好！算你們狠，我走！」作勢要走的小芳，不忘留著右手，等著我們挽留她。

「要走就快走，順便買點飲料回來，客人來了，怎好怠慢！」

「嗯！不用了，我不太渴……」

只想遇見你 Meeting You

195

「欣怡姐姐不用客氣啦！阿哥的話就是聖旨，不聽會被砍頭的。」小芳又誇張做了一次割喉的動作，還附加了音效。

「而且是用『小強鍘』！」想不出還有什麼更下等的，我呼應著小芳的話。

「你……」像是演歌仔戲，小芳用著不可置信的表情，頻頻搖頭，假裝含淚奪門而出。

我忍不住的大笑，鼓掌叫好，對著門口大喊著：「記得！我不要碳酸飲料喔！」

只見一隻比著中指的手，在門口出現，又消失。

「你們兄妹倆真是有趣，家裡有你們二個活寶，想不開心都難。」

我有些不好意思，摸著頭，笑笑的說：「讓妳見笑了，我們兄妹就是如此，這樣子的日子快活些。聽小芳說，你們認識的緣分很巧妙，在捷運上，是嗎？」

「嗯！是啊！淡水線的捷運上。」

「當時她在哭，是嗎？」欣怡沒有回答這個問題，我接著說：「小芳跟我很像，心情不好時，就會一個人到淡水散心，看看觀音山，看看淡水美麗的落日，看看往來在情人橋上的幸福……」可能是自己覺得離幸福很遠，說完這句話時，我尷尬地微笑。

「所以你才會猜，小芳那天心情應該不好，是嗎？」

「嗯！是啊！」

只想遇見你

「我只能說，少偉，你很幸福，有一個這麼關心你的妹妹。」我沉了下來，心裡其實是不希望家人因為自己而蒙上一層灰。

「那……小芳還好嗎？」

「小芳很好，她也希望你能很好。」欣怡說這句話時，明顯加重了語氣。

「我……其實我也希望自己很好，只是現實……」

「現實只是一個現象，無礙你心裡的光明！」欣怡打斷了我的話。

現象？光明？欣怡讓我聯想起小蓮。我比了雙手交叉護胸的動作。「是的，我是學『猴』的，不過我可不是上流社會裡的人。」欣怡輕鬆說著。看來小芳已經對欣怡用過這招了，不愧是我們家的一份子。我欣慰

地笑著……

「學佛很好，我有一個朋友，也是學佛的。」

「是小蓮嗎？」

聽到小蓮二個字時，我楞了一下。「嗯！」我若有所思的低下頭。

「我是聽小芳提的，你別介意。」

「所以，妳才會買蓮花？」我指著蓮花，好奇的問。

「是……是啊！」欣怡急著回覆肯定，之後便心虛的安靜下來。

「小蓮是我的一位網友，開朗的她，總是帶給我生命

裡所需要的光亮。只是⋯⋯」

「只是⋯⋯怎麼了？」

「我們有一段日子沒有聯絡了，心裡其實很掛心現在
的她，過的好不好！」我走近了那二朵蓮花，低頭聞
一聞蓮花的芳香。不知道自己是否已經失去嗅覺，還
是身體環繞著揮之不去的藥水味。我聞到的味道，竟
只剩下血水與藥水混合而成的苦澀。

「蓮花香嗎？」

「嗯！很香⋯⋯」我自然回覆了欣怡的問題。

蓮自心中開。小蓮曾經說過的話，此刻用在我的身
上，雖有些諷刺，卻有點因緣巧合。也許我再也聞不
到蓮花的芳香，但至少我還保有讓心如蓮，讓光明遍
滿心田的選擇。

「小蓮一定是個很棒的女孩，才會讓你牽掛著她。」

話突然哽在喉嚨，我用力咳了二聲說：「小蓮就像是有求必應的菩薩，不論我問什麼，她總是能答得我心服口服。或許，我們不應該再提起小蓮，那只會讓我想起那一段無法追回的美好時光。」

環境安靜了下來，欣怡突然掩面而泣，這突來的狀況，讓我有些不知所措。急忙抽了張面紙，遞到她的手上，欣怡沒有回答，只是握著那張面紙，安靜哭著。

她一定是聽了我與小蓮的故事後，感動落淚的。得到這個結論時，我突然覺得欣怡好可愛，是她的個性使然吧！像個小孩子，想哭就哭，就笑就笑，如此的心境，多快活！

「你會再上線嗎？」欣怡帶點沙沙的聲音問。

我的手像是耍帥一般，劃過頭髮，再移至欣怡的面前問：「妳覺得呢？」

欣怡看著我滿是頭髮的手，抬頭看著我，堅定的說：「當然可以！」

我訝異地看著欣怡。欣怡則笑笑地，揮動著雙手說：「我指的是，我可以代替你上網，讓我轉達你想對小蓮說的話，你覺得這樣可行嗎？」欣怡興奮地等著我的回應。

「多肉麻的話都可以嗎？」我調皮地說著。

「只要在我還能承受的範圍之內，當然！」我點點頭，答應了欣怡的提議，沒有特別的原因，也許只是單純想一圓欣怡助人的心。也許，只是心疼欣怡曾經

歷過的傷痛，看著欣怡的臉，我漸漸肯定了這一個答案。

「謝謝你相信我……」欣怡握著我的手，一種奇妙的感覺，說不上來，也消失不了。

「誰？誰敢吃我寶貝欣怡姐姐的豆腐，小心我殺紅了眼，與他同歸於盡。」小芳走了進來，手裡提著幾瓶飲料。

「是……」我急忙地想解釋。

「你不用解釋，看你豬哥的臉，不用說話就知道是你。」小芳堵回了我的話。

「妳啊！要多學學欣怡的溫柔，如果再加上妳遺傳自我的幽默，鐵定會成為少男殺手，所經之處，片草不生……哈！」

「還不都是阿哥害的，從小就帶著我混，久了媽也把我當男生的來養。這下可好了，現在才來嫌我不夠溫柔，你們會不會太過份了些。」小芳冷不防地丟了瓶飲料給我，可能是發覺力道大了些，露出了驚訝的叫聲。只見我一伸手，便完美接住了這瓶飲料，像是在拍廣告，看著小芳，我自信地笑了笑。

「早知道，就應該要用我最拿手的『伸卡球』，包準阿哥NG接不到。」小芳擺了個不純熟的投球姿勢，屁股翹得比陳小雲還高。

「快！快打電話找媽來，剛好湊足四個人好打麻將。」欣怡在一旁掩嘴直笑，小芳則乾脆唱起陳小雲的成名曲「舞女」。看著小芳誇張的動作，我笑到飆出眼淚，頻頻求小芳饒了我們。

用過午餐後，小芳提議到附近的花圃走走，說是病房裡的氣氛沉，應該要出去讓太陽曬曬。

「可是以我現在的體力……」

小芳推出了一張輪椅，溫柔地說：「這樣子總該可以了吧！親愛的皇上。」看著小芳堅定的表情，我不堅持的點了點頭。剛坐上輪椅時，小芳的手機突然響了，媽打來的，要她到醫院門口幫忙拿東西。小芳急忙地離開，留下了尷尬的我與怕尷尬而假裝微笑的欣怡。

用著雙手，試著想把自己從輪椅上支撐下來，欣怡看出了我的費力，上前告訴我：「既然都決定了，那就按照計畫出去走走吧！」欣怡拿了一條蓋腳巾，蓋在我的雙腳上。

其實我不喜歡坐著輪椅的自己，像是連自己都放棄了自己。

午后的陽光，帶了點柔和的溫度。欣怡在我後頭，慢慢地推著我前進。過了些時候，我打破了沉默，輕聲的說：「其實……我想問妳一件事，但是又怕問的不好，會傷害到妳……」

「關於我的臉嗎？」欣怡輕鬆地說。

我有些不好意思的點點頭：「請不要誤會，只是出自一位朋友的關心。」與欣怡見面的開始，心裡就存著這個問號，想想自己真是一個固執的射手座，遇到了問題，總想打破砂鍋問到底。

「你不用覺得失禮，其實，我很樂意與你分享我的故事。」

「先說好……不能哭喔！我最怕女孩子哭了！」我開玩笑的說著。

「呵！該流的淚早乾了，現在有的，只剩下感謝與懷念。」

「知道妳聽了很多類似的話，但還是想告訴妳，辛苦了。只是，妳還會介意嗎？」

「你指的是外表嗎？」

我點點頭。

「當然！」欣怡肯定的回答，讓我更覺得她個性的坦率。欣怡接著說：「但介意就能讓我的臉再回到美麗嗎？也許你很難相信，為了面對自己這張全新的臉，我足足花了一年以上的時間適應。好幾次以為自己已經全然放下了對於外表的執著，卻還是一次次的讓淚水提醒自己還不夠勇敢……」欣怡的語氣有點激動的上揚。

「欣怡……」試著想打斷欣怡面對過去的悸動。

「只是……這也是父親留給我的回憶，提醒我要用『心』，好好地活著……」

「所以妳是在受傷後，才開始接觸佛法的嗎？」我好奇的問。

「是啊！接近過死亡，才會明白原來身體竟是如此地脆弱與無常。醫院治療的那一段日子，雖然辛苦，卻沒有太多的時間去思考以後的問題，治療的痛苦早就已經占滿了我的生活。不過從醫院離開，到進入復健的程序，那才是考驗真正的開始……」明顯感受到欣怡的聲音，有些哽咽。

「妳……可以選擇不說……」聽著欣怡的話，想著自己也何嘗不是接近過死亡，更糟的是，我還是進行式。突然想起了「如果還有明天」這一首歌，正好符

合我此刻的心情。

「值得開心的是，佛法讓我明白了一切的痛苦，都只是心的造作。如同一面鏡子，如果我們只丟給它痛苦，它映射回來的，也將只有痛苦。」

「我喜歡妳這個說法。」

「有趣的是，如果連那一面鏡子都不存在了，痛苦將依何反射？」

欣怡面對佛法的自信與智慧，在小蓮的身上，也曾感受過。

「那一面鏡子……指的是心嗎？」我像個羞於回答的小學生，輕聲應著。

「呵！可以這麼說！少偉真是冰雪聰明，看來你與佛

法有緣，定是修行人再來。」

「再來？如果可以選擇，其實，我並不想再來到這個
世間！」聽完這句話，欣怡似乎有點錯愕，也許是她
連接起我與死亡的關聯。雖然背對著欣怡，但我還是
隱約聽見眼淚流動的聲音，這對一個初見面的朋友而
言，情感，似乎多了些。

「乘願再來，是一個不錯的選擇唷！帶著你清淨的
心，助益這個娑婆世界，讓更多的人因為你，覺受到
自在與光明。如此多有意義，不是嗎？」欣怡走到
了我的面前，仔細對著我說著。我沒有說任何話，只
是靜靜看著欣怡的臉，看著一滴淚，流過她起伏的
臉。

不久後，小芳帶著欣怡離開了醫院，看著她們的背
影，我竟然不自覺地哭了。也許是我開始無法確
定，這一次別離後，是否還會有再見面的機會。

夜裡，我竟開始害怕閉上雙眼，害怕寂寞，害怕一個
人倒下後，沒有人知道……

生命，總有路過你生命的朋友，且給予他一個最真心
的微笑，最溫暖的祝福。如果你們不會再見面，這將
是回憶裡，最美好的禮物……

第七回

# 《風中的心願》

清晨，天氣微寒，一個適合賴床的溫度，還是用意志力，讓自己起了個大早。腦中浮現小芳說過的一句話。「其實，我沒有想像中的堅強。阿哥的身體狀況一天比一天糟，一想起阿哥離開時的場景，就知道自己還沒有準備好面對的勇氣……」

出了醫院電梯門口，七樓，想起了小芳說的冷笑話，嘴角不自覺上揚。不遠處，看見小芳一個人，站在病房前面，低著頭，像是在哭泣。加快了自己的腳

步。「小芳，怎麼了。怎麼一個人在這裡哭，發生了什麼事？」

「阿哥……阿哥他……」小芳指著少偉病房的方向。

我下意識地衝了進去。不敢相信自己所看到的，眼前，是一張病床與一張蓋過少偉身體的白布。少偉死了？反覆地在內心問自己……

突然，少偉的病床動了一下。只見少偉撥開白布，伸了一個大懶腰，不疾不徐地說：「還我命來……嗚……嗚……」來不及抽換自己的情緒，這一生一死的變化，突然對生命的無常，感到無能為力的釋懷。只是這迅速切換的生死，快到讓自己以為置身夢幻。夢幻？真實？生、生、死、死……

瞬間，一道靈明射穿我的腦際，突然覺得清明，覺得身心自在……

「欣怡姐姐，妳怎麼了……妳別生氣，都是阿哥的主意啦！他只是想看看朋友知道他離開時的反應，沒有惡意的。」

「所以，我不是第一個被整的！」小芳急著點頭。少偉則像是知道自己玩笑開過了頭，頻頻道歉。

「為什麼要這樣捉弄關心你的朋友！」我的語氣故意帶了點不諒解。

「我知道你們很關心，只是我不確定，當我離開這個人世間後，還能不能感受到你們給予我的祝福與懷念。」少偉用雙手撐住了自己的臉，表情有些無奈，是對生命未知的無奈吧！我這樣猜測著。

「那很重要嗎？」我冷冷堅定地回答。

「那麼妳能告訴我，現在的我，還剩下什麼？還能期

待什麼？期待死神嗎？」

「阿哥你⋯⋯」小芳心疼地走近少偉。

「小芳，妳不用理他！少偉現在需要的，不是親情，更不是友情⋯⋯」

「欣怡姐姐⋯⋯」小芳有點為難地的看著我，再看著少偉。

「少偉，人的生命都會有盡頭，只是早晚的問題。難道你天真的以為當你面對死亡時，最痛苦的是你嗎？」看著沒有反應的少偉，我繼續說著：「看看小芳，你最疼愛的妹妹，打從知道你生病後，她就失去了自己原有的那一片天空，整天為你擔著心。看在我的眼裡，小芳早就已經死了，因為你，明白嗎？」病房裡的溫度急降至冰點，安靜到連少偉的喘息聲都聽著見。小芳壓抑不住情緒的哭了。

「還有，你說小蓮是你人生末路最好的朋友，總是把光明帶進你的世界。哼！」語調帶了點輕蔑，接著說：「小蓮的功力也不過如此嘛！什麼光明？什麼無染？說得再精采終究還是她是她，你是你，你的世界還是只有黑暗。不過，你倒是說對了一件事，現在的你，只能期待死神的到來，因為你只選擇期待死神，不是嗎？」

「我不准妳這麼說小蓮，失敗的是我，不關小蓮的事。」

「那就證明給我看，證明給小蓮看，讓小蓮知道她路過你生命末路的緣分，絕非偶然。」

「其實，你擁有的比誰都來得多，你有著家人與朋友的關心，試問有多少人在面臨死亡時，是孤單的一個人。看看你的周圍，明白我說的嗎？少偉，你並不是一個人等待死亡，與其將寶貴的時間浪費在未知的恐懼，何不讓我們每個人對你的光明祝福，走入你的心。」

「為什麼我這麼地自私，只看見自己……」少偉抬頭看著小芳，看著我，自責地說。

「自私的是少偉，不是你的心。如果你只選擇看見少偉，你將會錯過沿途的精采，那才是你應該重視的。生命的價值，不是定義在你活了多久，而是活的有多彩采。那怕生命只剩下一天，只要方法對了，閉上眼的那一刻，也將只有滿足的微笑。」

少偉轉身，坐在床沿，仰望著窗外的藍天，忽然，一道陽光自窗外投射進來，少偉看著，自在地笑了。小芳走近少偉，抱著他，靜靜地，只是抱著他。

突然，我感覺不到自己的身體，找不到那一個隨時會現身挑釁自己生命的「執著」。才發現心的寧靜，不是外求一處寧靜，而是讓外境無所依附，非關在哪，無論何時，心本清明，如日虛空。

我的生命找到了自由，因為少偉。他像是為我乘願而
來的菩薩，示現煩惱，示現生死，示現無懼地來去人
間……

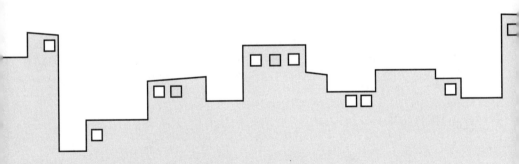

# 第八回

# 《只想遇見你》

清晨九點，欣怡準時進了辦公室，帶著自信地微笑，從容地與每一位迎面的朋友打招呼。

端杯咖啡，她一如往常的進了播音室。欣怡永遠忘不了去年此時，少偉臉上安祥的微笑，似乎在說著，死亡並非結束，而是另一種永恆的開始……

「親愛的聽眾朋友，早安！我是欣怡，很高與在空中再度與您見面，一個分享光明與祝福的天地，歡

迎您與我們分享生命裡的每一道陽光，讓每位聽眾朋友，都能因為您也感受到希望與溫暖。節目一開始，要告訴各位的是，今天，接到了一位朋友的來信，一位名叫『小蓮』的聽眾朋友，她要點播一首歌『只想遇見你』，給一位許久不見的朋友『尋風人』，她要謝謝『尋風人』給予她生命裡的奇蹟。特別的是，這首歌的詞、曲都是由『尋風人』創作的喔！現在，就讓我們一起來欣賞這首好聽的『只想遇見你』……」

旋律緩緩地響起，欣怡閉上了眼，靜靜地聆聽……淚，無聲落在尋風人的筆記本上，一滴是祝福，一滴是懷念……

什麼時候　開始期待你的訊息
什麼時候　開始學會不再嘆息

你讓我相信光明　相信雨後虹彩的奇蹟

只想遇見你 Meeting You

你讓我看見自己　不再害怕天明

想問你在那裡　無語　蓮夏花清逸
你問我在那裡　迎風　我就在那裡

生命是一首旋律　期待的聲音　因你而美麗
回憶是天上星星　仰望讓我忘了哭泣
寫了一封信　用你熟悉的筆跡
如果面對需要一種勇氣　我希望力量　來自於你

# 高寶書版 35 週年慶，百位名人聯名同賀

2006年，謝謝您與我們一同慶生，許下「出版更多好書」的願望！

卜大中 （蘋果日報總主筆）
丁予嘉 （富邦金控首席經濟學家）
丁學文 （中星資本董事）
王文華 （作家）
王承惠 （中華民國圖書發行協進會理事長）
王子云 （台灣雅芳公司總經理）
王桂良 （安法診所院長）
尹乃菁 （節目主持人）
方蘭生 （文化大學大眾傳播系教授）
平　雲 （皇冠文化集團副社長）
江岷欽 （台北大學公行系教授）
朱雲鵬 （中央大學經濟系教授兼台灣中心主任暨作家）
何飛鵬 （城邦出版集團首席執行長）
何　戎 （節目主持人）
李家同 （濟南大學資訊工程系教授）
李慶安 （立法委員）
李永然 （永然法律律師事務所律師）
汪用和 （年代午報主播）
辛廣偉 （中國出版研究所副所長）
周守訓 （立法委員）
周行一 （政治大學商管學院院長）
周正剛 （金石堂圖書股份有限公司董事長）
周　璜 （星空傳媒集團台灣分公司總經理）
范致豪 （明志科技大學環境安全衛生室主任）
吳嘉璘 （資訊傳真董事長）
柯志恩 （作家）
林奇芬 （smart智富月刊社長）
金玉梅 （天下雜誌出版總編輯）
侯文詠 （作家）
郎祖筠 （春禾劇團團長）
馬英九 （台北市長）
連勝文 （國民黨中常委）
莫昭平 （時報出版公司總經理）
郝譽翔 （作家）
袁瓊瓊 （作家）
郝明義 （大塊文化出版股份有限公司董事長）
郝廣才 （格林文化發行人）
夏韻芬 （作家）
孫正華 （時尚工作者）
秦綾謙 （年代新聞主播）
張五岳 （淡江大學中國大陸研究所教授）
張天立 （博客來網路書店總經理）

張啓楷 （節目主持人）
郭台強 （中華民國工商建設研究會理事長）
郭重興 （共和國文化社長）
郭昕洮 （環宇電台台長）
葉怡蘭 （美食生活作家）
崔慈芬 （中國傳媒大學教授）
康文炳 （30雜誌總編輯）
許勝雄 （金寶電子工業股份有限公司董事長）
陳海茵 （中天新聞主播）
陳孝萱 （節目主持人）
陳　浩 （中天電視台執行副總）
陳鳳馨 （節目主持人）
陳樂融 （節目主持人）
彭懷真 （東海大學社會工作系副教授）
傅　娟 （節目主持人）
董智森 （節目主持人）
詹宏志 （PC home Online網路家庭董事長）
楊仁烽 （城邦出版控股集團營運長）
楊　樺 （TVBS國際新聞中心主任）
詹仁雄 （節目製作人）
賈永婕 （藝人）
溫筱鴻 （嘉裕股份有限公司大中華區總經理）
趙少康 （飛碟電台董事長）
廖筱君 （年代晚間新聞主播）
劉必榮 （東吳大學政治系教授）
劉柏園 （遊戲橘子總經理）
劉　謙 （作家）
劉陳傳 （住邦房屋總經理）
蔡惠子 （勝達法律事務所律師）
蔡雪泥 （功文文教機構總裁）
蔡詩萍 （節目主持人）
賴士葆 （立法委員）
盧郁佳 （作家）
蕭碧華 （聯傑財物顧問股份有限公司暨作家）
謝金河 （今周刊社長）
謝瑞真 （北京同仁堂台灣旗艦店總經理）
謝國樑 （立法委員）
簡志宇 （無名小站創辦人兼總經理）
聶　雲 （節目主持人）
蘇拾平 （城邦出版集團顧問）
蘭　萱 （節目主持人）

—— **近百位名人同慶賀！** （依姓氏筆劃排序）

# 高寶書版 *35週年慶* 百位名人同祝賀

風雨名山，金匱石室；深耕文化，再創新猷。　　　　——台北市長　馬英九

高寶書版，熱情創新，領航文化。　　　　　　　——中國國民黨中常委　連勝文

高來高去，想像無限，寶裡寶氣，趣味無窮。　——飛碟電台董事長　趙少康

圓滿的人生旅途中，最好有好書相伴，高寶給大家創意與力量！
　　　　　　　　　　　　　　　　　　　　　　——今周刊社長　謝金河

受人性的溫暖，照耀的出版公司。　　　　　　　——蘋果日報總主筆　卜大中

高寶35歲了。我相信她會永續經營，所以這不算是上半場，只算是第一
章。我祝福她，也進入一個新階段。用更多的好書，讓所有的讀者活得更
快樂。　　　　　　　　　　　　　　　　　　　　　——作家　王文華

以華人的角度，國際的視野去感知世界。
　　　　　　　　　　　　　　　——中國出版研究所副所長　辛廣偉

就像一個青壯人士，35歲的高寶將可在優異的基礎上更上層樓，為中文出
版界們貢獻。　　　　　　　　　——政治大學商管學院院長　周行一

從修身到齊家、感性到理性、兩性到兩岸–高寶書版集團既是良師也是益
友！　　　　　　　　　——淡江大學中國大陸研究所教授　張五岳

知識乃發展永續的源頭，而高寶三十五年來透過讓讀者讀好書，成功賦予
了社會豐沛的成長動能。請繼續努力！
　　　　　　　　　　——中華民國工商建設研究會理事長　郭台強

未來有更多個三十五年，往高業績、高品質、高效率邁進。
　　　　　　　——中央大學經濟系教授兼台灣中心主任暨作家　朱雲鵬

從高寶，我學到許多出版經營的方法，十分感謝！
　　　　　　　　　　——城邦出版集團首席執行長　何飛鵬

堅持出好書，成為受尊敬的出版社。——城邦出版控股集團營運長　楊仁烽

35歲，芳華正茂，祝希代更猛！更勇！　——時報出版公司總經理　莫昭平祝

高寶集團發展開闊。 ——大塊文化出版股份有限公司董事長 郝明義

耐心、用心、恆心，寶書豐盈。 ——smart智富月刊社長 林奇芬

恭喜35歲的高寶,比新生兒還有生命力與創造力。
——天下雜誌出版總編輯 金玉梅

高居排行，讀者之寶。 ——中華民國圖書發行協進會理事長 王承惠

祝高寶書版集團，博學的客人都來，與「博客來」共同順應時代巨輪大步
邁進。 ——博客來網路書店總經理 張天立

恭祝高寶集團，持續出版優質書籍。 ——金石堂圖書股份有限公司 周正剛

高品質的書，永遠是我們心中的至寶。 ——作家 侯文詠

願高寶為台灣帶來更多的文化創意，思考與心靈的活力。 ——作家 郝譽翔

期待穩健成長，更上一層樓。 ——聯傑財物顧問股份有限公司暨作家 蕭碧華

不是好書高寶不出。 ——作家 劉謙

翰墨圖書，皆成鳳朵，往來談笑，盡是鴻儒；祝福高寶歡欣迎接下個
三十五年！ ——作家 夏韻芬

謝謝高寶書版的用心，讓好書成為我們的精神糧食。 ——立法委員 李慶安

書語紛飛，潤澤心靈；閱讀悅讀，擁抱活泉。
——永然法律律師事務所律師 李永然

希望知識代代積累。 ——星空傳媒集團台灣分公司總經理 周璜

出版柱石，蜚聲高寶。 ——環宇電台台長 郭昕洮

年代好書，盡在高寶。 ——中天新聞主播 陳海茵

閱讀就像陽光、空氣、水，是活著的基本要素，高寶書版集團帶給我們生
活的樂趣，美好的閱讀經驗！ ——節目主持人 尹乃菁

好讀書，讀好書是我單身生活的一大樂趣。「高寶書版集團」辛苦耕耘35
年，灌溉出繁花似錦，結了我生活的好風景。 ——節目主持人 蘭萱